Gülfim Abla

Meltem Parlak

okuyan us

okuyan us

Dizüstü Edebiyat - 22

Gülfim Abla
Aşkın evde yapılanı güzel oluyor, dışarıda ne koyuyorlar içine belli değil!
Meltem Parlak

ISBN: 978-605-5134-17-4
Yayıncı Sertifika No. 16208

I. Baskı: İstanbul, Temmuz 2013
III. Basım: İstanbul, Ağustos 2013

Yayın Yönetmeni: Cem Mumcu
Yayın Koordinatörü: Kemal Kırar
Redaksiyon: Kemal Kırar

Dizi ve Kapak Tasarımı: Ebru Demetgül
Grafik Uygulama: Zeynep Erim

Baskı ve Cilt: Pasifik Ofset, Cihangir Mah. Güvercin Cad. No. 3 Baha İş Merkezi
A Blok Avcılar-İstanbul – Tel.: 0212 412 17 77
Matbaa Sertifika No. 12027

Kitabın düzeltisinde Dil Derneği Yazım Kılavuzu'nun 9. baskısı esas alınmıştır.
Eser, 60 gr kâğıt üzerine 11 puntoluk Times New Roman fontuyla dizilmiştir.

Fulya Mah. Mehmetçik Cad. Eser Apt. A Blok No. 30 D. 5-6
Fulya, Şişli, İstanbul Tel.: (0212) 272 20 85 - 86 Faks: (0212) 272 25 32

okuyanus@okuyanus.com.tr
www.okuyanus.com.tr

Gülfim Abla

Aşkın evde yapılanı güzel oluyor,
dışarıda ne koyuyorlar içine belli değil!

Meltem Parlak

İçindekiler

Birinci Bölüm

Hepimiz bazen yanlış anlaşılırız.

– Patronum biraz benim bacaklarımı okşadı, ben de onu dilli dudaklı öptüm, diye hemen yanlış anlaşıldım. İlla bizim aramızda bir şey olması lazım. Hemen yakıştırmalar, şeyler... Hayır yani tamam her gün öğle aralarında otelde buluşuyor olabiliriz, evet. Ne olmuş? Bu da yanlış anlaşıldı. Bilhassa patronumun eşi tarafından. Geldi ofise, elinde terlikle beni arıyor. Tansiyonu, kalbi ve selülitleri olan bir kadından bahsediyoruz. Yazık değil mi? Nereye kaçacağımı şaşırdım. Zaten o esnada patronumun dolabının içinde, evrakları inceliyordum. Daha da nereye gideyim? Hayır, kadıncağızı böyle asılsız yakıştırmalarla üzmeye ne hakları var? Ben onu anlayamıyorum. Zaten vicdanı olan bir insan, kaç yaşında kadına, ortada bir şey yokken böyle yersiz dedikoduları yetiştirmez. Çok çirkin. Yani ben, çok utandım. Bu yaşlı kadıncağıza yapılan şey, benim kendime yapılmış gibi geldi. İncindim, yıprandım.

Sonra patronum beni teskin etmeye çalışırken, gene yanlış anlaşıldım. O esnada masanın üzerinde, çıplağım, patronum da benim üzerimde diye sanki biz çalışmıyoruz gibi oldu. Halbuki ben bir yandan da fizibilite raporlarına bakıyordum. Evet, o zaman, raporlara başka bir açıdan bakmak da suç. Ben bu iş yerinde bunu anladım. Sonra da vizyonumuzu genişletelim diye konuşup dururuz. Halbuki, herkes bir at gözlüğü takmış. Böyle, sağını solunu görmeden gidiyor. Ondan sonra da düşünüyorum. Bu ekip toplantıları ne işe yarıyor? Baktım ben bu sıkıntılarımı patronumla çözemiyorum, her çözmeye çalıştığımda da yanlış anlaşılıyorum.

O zaman bunları insan kaynaklarına taşımaya karar verdim. İnsan kaynakları müdürü sevgili Nedim Bey'le olayları ayrıntılı bir şekilde paylaşırken de yanlış anlaşıldım. Pes yani artık! O da yani ne kadar uygunsuz bir yakıştırma. Höh yani! Elele tutuştuk, sıkıntılarımı paylaştığım yoğun bir anda kucaklaştık ve hafifçe birbirimizin kalçalarını okşadık diye yani iki arkadaşın üzerine bu kadar gelinir mi? Ha, o zaman, iş arkadaşlığı diye bir şey de kalmasın. Dostluk da ölsün o zaman. Bu mudur yani? Dostluk ölsün mü? Birbirimizle, iş yerinde dost, kardeş de olmayalım. Kardeşlik de ölsün. Dostluk da ölsün. Bu mudur çözüm? Bilmiyorum. Bence yanlış. Büyüklerimizden biz böyle görmedik. Hemen bir itham, yanlış anlaşılma. Peki neden? Çünkü vizyon dar. Keza Nedim Bey'in kalçaları. Dar kalçalı Nedim Bey'le olan temasımda da yanlış anlaşılınca daha da nerelere gideceğimi şaşırdım. Fakat haklı davamı savunmak için biraz daha üst mercilerle konuşup durumu istişare etmek niyetindeyim. Ay, inşallah gene yanlış anlaşılmam.

Duydunuz mu? İşte bu hanım kızımız patronuyla ilgili problemleri dolayısıyla gelmiş. Çektim karşıma konuştum. Garibim, yanlış anlaşılmış. E, hepimizin yaşadığı, bildiği şeyler bunlar tabi. Dinleyin. Dedim ki:

– Küçüğüm, at başı güzel güne varınca, cümle cenap etrafına yay çizer! Erkek enik şehla gözü görünce, çük başına ok diker! İşte senin durum o hesap! Nerede bir art niyetli, iftiracı insan var gelmiş seni bulmuş, at sineği gibi hop hemen üzerine konmuş. Erkek milleti böyledir! Kadın milleti de böyledir! Milletle işin olmasın güzel kızım! Sen kendi yolunda git. Nedir senin yolun? Bilmiyor musun? Birçok yol mu var? Yollu musun?

İşte hayatta bunlar önemli, kızım. Gerisi hava, civa, gerisi kör karanlık, gerisi zindan yarası, gerisi karşıki dağda açan çiçeğin üzerine konacak kelebeğin daha tırtıl olup içinden bile çıkamadığı kozası! Ah, küçüğüm, biz vakti zamanında ne yanlış anlaşıldık, ne yanlış anlaşıldık. Hepsini anlatsam sana, kırk iki dağdan taş düşer... Ama yapmam, nedir? Artık bizden geçti. Evet. İşte böyle. Yanlış kişilerle muhattap olan insanın üzerine bir yafta yapışır ki, sorma gitsin. İşte sen de böyle bir haksızlık yaşamış, böyle kader kurbanı olmuşsun güzel yavrum. İşte, evet! Durum bu!

Bunları söyledim. O dertli yavrucak, öyle bir koh koh gülmeye başladı ki karşımda, bir vakit katılacak da bir yerine bir şey olacak zannettim. Olmadı çok şükür. Toparlandı, elimden öptü, kıkırdadı. Aferin çocuğum dedim. İlk defa böyle doğru anlaşıldığını söyledi. Sululuğun lüzumu yok dedim. Gönderdim. İşte böyle. Bunun gibi daha kimler, neler gelir. Kadın, erkek problemleri, öğrenci dertleri, birçok devlet büyüğünün kendileri gibi büyük meseleleri... Ah, daha neler neler...

Hepsini çözerim. Ben Gülfim Ablayım. Onlar da zaten bunu bilir, işte bu yüzden gelirler. Bravo! Gelsinler.

Devam edelim. Beni takip edin. Ofisimden çıktım. Şehirde dolanıyorum. Ağaç, bina, yol, insan vesaire... Tasvirler, şeyler... Manava girdim. Dedim bana oradan bir kilo patlıcan uzat bakayım.

– Oo Gülfim Abla, sen buralara gelir miydin? Ne zamandır yoktun.

Densiz herif! Lafa bak. Manavın ettiği lafa bak. Ben ona sebze izahı getireceğim. Ne zamandır yokmuşum. Sanırsın ki düne kadar koyun koyuna yatıyorduk, yediğimiz içtiğimiz ayrı gitmiyordu, aramızdan su sızmıyordu da şimdi bozuştuk. Seciyesiz! Dedim ki:

– Çok şükür bugüne kadar kimseye verilecek hesabım olmadı. Ama şimdi var. Aç takip et sen de: twitter.com/gulfimabla Bütün gün, el el üstünde, armut, roka başında boş boş oturuyorsun. Az bir faydan olsun. Burası Sultanhamam, değil!

– N'oluyor abla ya? dedi. Sen gene neye kızdın? Muhsin Bey'le aranız mı bozuk?

Canına susamış meczup! Küçük esnafla oldum olası yıldızım barışmadı. Dedim ki:

– Sen boşver bunları! Takip edecek misin, etmeyecek misin?

– Ben internet bilmiyorum, dedi.

– Haa, dedim. Olga'nın Facebook'tan arkadaşlık teklifini kabul eden vurdumgonul_41 de sen değilsin o zaman.

– Değilim abla, dedi.

– Ha, iyi o zaman, Katerina_27'ye bütün gün, dünyayı kurtaran adam linkleri gönderen cefa_seninkolenolsun68 değilsin o zaman sen, dedim.

– Yoo, değilim.

– Ha, olabilir.

Benim de kafam karışmıştı.

– Sahi kim bu adamlar ya? dedim. Neyse boşver, sen bana oradan bir kilo da domates ver. Burası Seyrancami değil! Karnıyarık yapacağım!

Tarttı verdi, kıtıpiyos. Pis pis de sırıtıyor.

– Muhsin bey karnıyarığı sever.

– Muhsin Bey'in mevkisiyle bunun ne alakası var? dedim.

Aldım elinden torbaları.

– Ne mevkisi abla, kim dedi mevki diye?

– Üzerine afiyet olmayan şeylere karışma sen, dedim. Vazife eden kuşun dibine kurşun dökülmez! Uzatma.

Gene lafı gediğine koymuştum! Keyfimi hiç bozmadan kasaba doğru yollandım. Laf yerine gidince çok rahatlıyorum. Cep telefonum çaldı. Bir öğrencim. Sağ olsunlar, hiç rahat bırakmazlar. Ne yapayım, açtım telefonu.

– Dışlandığımı ve ait olmadığımı hissediyorum. Kampüste kimse beni anlamıyor gibi geliyor. Sizce Somali'deki eğitimimi sonlandırmalı mıyım?
– Somali mi? Somali'de ne okuyorsun çocuğum sen? Oradan buraya öğrenci gelmiyor mu normalde? Allah, allah…

Şaşırdım, kaldım.

– Neyse, her halükarda ben hem senin için hem de arkadaşların için yüklü miktar erzak yolluyorum şimdi. Bunları güzelce paylaş, belki ekmeğinizi bölüşürken aranızdaki buzlar da erir de, artık nece edecekseniz, iki çift bir laf edersiniz. İçim acıdı be.

İşte böyle. Hemen o dakika bir öğrencimin daha sorununu çözmüştüm. Sonra ses gitti geldi derken telefonu kapadık. Kasap Nuri beni görür görmez gene bıyıkları sızladı. İşte böyle bazı civar esnaf beni görür görmez böyle bıyıkları sızar. Şimdi bile! Siz bir de eski günlerimi düşünün… Dananın döşünden bir yapma çiçek çıkardı, bana uzattı.

– Oyy… dedim, bu ne çirkin şey! Çek şunu çek.
– Kusura bakma abla, dedi. Sana layık değil ama.
– Yürü git, dedim. Küçük karganın burnuna ıslak merhem sürülmez! Benim asabımı bozma. Çek şunu gözümün önünden.
– Haklısın, abla.

Aldı çiçeği tekrar dananın döşüne soktu.

– Ne vereyim sana abla? Muhsin abim nasıllar?

– Muhsin'in mevkisini karıştırma işin içine dedim. Bir kilo yağsız kıyma ver.

– Tamam abla, karıştırmam, dedi. Bir kilo yağsız kıyma vereyim ben.

Bu kasap Nuri hâlâ bana zehir zemberek âşık. Garibim. Baksanıza ne desem susuyor oturuyor aşağıya. Bıyıkları sızlaya sızlaya, gözlerinde nem, kuşbaşıyı yerleştirdi makineye çıktısını alıyor. Hem çıkan kıymayı eliyle toparlayıp kâğıda yerleştiriyor hem ağlıyor... Ne yalan söyleyim, şu an benim de içim biraz sızlamadı değil. Hatta benim yüksek mevkili eşek Muhsin'ime değil vakti zamanında bu hamşoya mı gönlümü kaptırsaymışım, en sonunda olsa olsa bir gut hastalığı olurdu bende, şimdi Muhsin'imin derdinden bir gün tansiyondan küt diye gideceğim diye şöyle bir aklımdan geçiverdi. Geçmedi değil. Az biraz kıymetim bilinirdi yani. Olmayacak şey değil. Bütün gün kanla, danayla, inekle, bizonla haşır neşir olan izbandut gibi adam karşımda aşkından ezilmiş, büzülmüş bir çocuk gibi ağlıyor. Olacak şey değil!

– Nenemi kaybettik abla. Allah rahmet eğlesin. Bugün toprağa verdik.

– Ne nenesi be? Kaç yaşında herifsin! Bu yaşa nene mi kalır? Ona mı ağlıyorsun sen?

Sinirlerim tepeme çıkmıştı.

– 107 yaşındaydı abla. Daha geçen seneye kadar hep at binerdi. Atmaca gibi kadındı. Beni, abimleri falan hep o büyüttü. Hepimiz çok üzüldük. Neyse ki onun annesi hayatta. Ona Allah uzun ömür versin. Büyük nenem de ölürse ben yaşayamam.

Gözlüğümü işaret parmağımla yukarı doğru ittim. Bir derin nefes aldım.

– Peki çiçekler? Bana niye çiçek veriyorsun?
– Her müşteriye veriyoruz.

Küçük esnafla neden bir türlü yıldızımın barışmadığını şimdi anladınız mı? Üçkâğıtçı bunların hepsi! Bir hırsla kıyma poşetini elinden aldım. Sonra gene hırsla, bana uzattığı pos cihazına şifremi girdim. Hemen bir laf çakmam lazımdı. Faturayı alıp cüzdanıma tıktım.

– Izgara yapılacak balık una bulanmaz! Ölenle ölünmez! Sen de artık kendine gel. Kaç yaşında adamsın. Burası Söğütlüçeşme değil!
– Burası Söğütlüçeşme, abla.

Kafayı şöyle bir kaldırdım. Etrafa baktım. Hakikaten de Söğütlüçeşme'deydim. Evet, güzel et alayım diye Söğütlüçeşme'deki kasabıma gelmiştim.

– Neyse, dedim. Mevzu o değil! Sus, telefon çalıyor.

Arayan Muhsin idi. Dedim açmayacağım. Bu sefer de ben açmayacağım! İşte şimdi de ben ona posta koyacağım! Aransın, dursun... Ama acaba açsam mı? Yok açmayacağım. Ama belki de mühim bir şey söyleyecek, belki bana tekrar âşık oldu veya metresiyle ayrıldı, ah onu söyleyecek olmasın, hemen açayım, derken telefon sustu.

Muhsinciğim beni aradığında, ben o telefonu açmazsam ve en sonunda çağrı sesi susar ise o vakit bütün dünya susar.

Gene öyle oldu. Battal bir sessizlik. İşte böyle tüm dünya susar.

– Başka bir şey lazım mıydı, abla?

Ha, belki bir tek kasap Nuri konuşur. Evet, bütün dünya susar, haddini bilir. Ama bu kasap Nuri konuşur. Dünya alem sessizlik yemini ederken bu densiz konuşur! Istırap, acı ve aşk ile yer gök inlerken, fakat çaresizlikten susarken bu Nuri konuşur. Biz de oturup gündelik diyaloğunu dinleriz kasap Nuri'nin. Hadsiz!

Sonra bir mesaj sesi geldi. Heyecanla açtım:

"Gülfimcim, akşam erken gel. Konuşmalıyız."

Bu da Muhsin idi. Gülfimcim demiş. Mememi ellediği, kasığımda inlediği zaman da bana böyle Gülfimcim der… Borç para istediği, metresiyle buluşmak için izin koparmaya çalıştığı zaman da… Gece yarısı canı börek ya da kıymalı yumurta istediği zaman da... Ah, Muhsin… Ah, kocacığım, kimbilir şu an istediği hangisi idi? Şöyle bir başımı eğip baktım. Memem ellenmiyor, kasığım da inlenmiyor idi. Zaten neticede kasapta idim. Kasapta fantezi yaşanmaz demiyorum, ah lütfen beni yanlış anlamayın! Biz Muhsin'imle ilk flörtleştiğimiz dönemler bakkal, aile marketi, büfe, çilingir, züccaciyeci diye ayırt etmez, civar esnafa belli etmeden her fırsatta birbirimize eller idik. Ah, o günler, ah o çılgın sevişmeler… İnşallah gene öyle olacağız. Ah, o sevişmeler, ah o güzel sevişmeler… Zaten o sevişmeler olmasaydı, ben bu adamı çoktan tenimden silerdim. Gerçi düşününce aslında epeydir de olmuyor. Ama gene de tenimden silemiyorum… Ne yapalım? Zaten bu işler o kadar kolay olsaydı, kimse erken etin yahnisine çok tuz koymazdı. Taze acur gölbaşında goncaya küsmezdi. Horozun teganni ettiği yerde ot bitmezdi. Yalan mı? E, doğru! İçtiği hoşafın hesabını sakınandan değil, faturayı hamiline yazdırandan korkacaksın asıl. Bilmiyorum, ben böyle düşünüyorum. Oluk başı su yutarken cümle marsuk gülermiş, öyle değil mi? Ama sonra kendi güğümü de düşmüş. Buna ne buyrulur? İşte o kadar. Hadi gidelim. Beni takip edin.

– Sen kimle konuşuyorsun, abla?

Kasap Nuri tekrar konuştu. Bir de baktım densizce gülüyor.

– Ne gülüyorsun be, dedim. Neneni ne çabuk unuttun?

Garibin gene gözleri doldu. Onu öyle bıraktım. Neticede yastadır diye düşündüm. En iyisi daha uzatmayayım. Ben kimseye peşrev çekecek insan değilim! Bunu anlayın. Siz zaten beni yavaş yavaş anlamaya başladınız. Hepinize bravo! Gidelim, öğrenelim bakalım. Muhsin ne istiyor. Konuşmalıyız demiş bana. Demek ki. Bir şey diyecek! Mühim bir şey. Bana sanki konuşmalıyız değil de sevişmeliyiz demiş gibi müthiş heyecanlıyım... Sahi, kaç aydan sonra tekrar sevişecek miyiz? Önce konuşup, sonra mı sevişeceğiz? Yoksa önce sevişip, sonra mı konuşacağız? Ah, inşallah iki meziyeti de tek potada eritmek kısmet olur. Yalnız, durun bir dakika telefon açılıyor. Ah, o mu? Ay, yok.

– Efendim, çocuğum.

Gene bir talebe.

– Gülfim Abla, ne olur gelin. Ofiste yoksunuz, neredesiniz? Sizinle konuşmam lazım!

– Çocuğum, eve gideceğim, karnıyarık yapacağım, Muhsin bey bekliyor!

– Aa, ne güzel! Muhsin Amca ayrılmış mı metresinden Gülfim Abla? Ay ne güzeel.

İşte bakın. Bu benim çoluk çocuğa maskara olduğumun resmi değil de nedir? Nedir? Reprodüksiyon mudur bu? Görüyorsunuz, yeri geldiğinde şakalaşmayı da bilirim. Fakat aynı zamanda görüyorsunuz şu anda yeri değil. Lütfen herkes toparlansın!

– Büyüklerin işine karışma sen, dedim. Küçük horoz tez öttüğünde, beyaz adam dağla konuşur. Ona türkü söyler, ala çalar. Neyse akın çağı dalmadı da büyük boğa höngürdedi çok şükür giderayak! Neyse, neydi çocuğum senin sorunun?

– Ahaha ne saçma bir insansınız Gülfim Abla ya ahah. Büyük boğa höngürdedi neymiş?

– Çocuğum, ne istiyorsun? Telaşem var!

– Ha, Gülfim Abla telefonda söyleyemem. Ne olur, ofise gelin. Çok sıkıntım var, lütfeen ama. Lütfen, lüften, lütfeen.

Ne yapabilirdim ki? Bir genç dimağ daha benim erdemimden, engin hayat görüşümden ve felsefe anlayışımdan faydalanmaya ihtiyaç duyuyordu. Ona istediğini verecektim. Binalar, ağaçlar, tasvirler, şeyler... Tekrar ofise döndüm. Küçüğüm kapıda bekliyordu.

– Ay, siz formunuzu neye borçlusunuz Gülfim Abla?

– Benim kemik yaşım 67. Fakat, sıfatım taze. Genetik bir mirasın sefasını sürüyorum.

Açtım kapıyı, girdik içeri. Küçüğüm, hâlâ kıkırdıyordu. Torbalarımı masanın üzerine bıraktım. Kızcağızı dinlemeye koyuldum.

– Benim bir erkek arkadaşım vardı. Bir aydır küsüz. O bana dedi ki sen zor bir insansın. Ben ona dedim ki haksızlığa tahammülüm yok. Bu sana zor geliyorsa sen bilirsin dedim. O da bana dedi ki geri zekâlı gibi konuşma. Ben de ona dedim ki sen dedim çok gebeş bir insansın, bir de kabasın! Hangimiz haklıyız sizce? Şimdi o da aramıyor, ben de aramıyorum. Ama bu gitmiş Burcu'ya anlatmış. Sonra Burcu beni aradı.

Dedi Mert beni aradı böyle böyle konuştu. Ben dedi Mert'e hak verdim dedi. Ben dedim, sen dedim nasıl bir insansın? Hayır, çünkü eğer Burcu benim arkadaşımsa. Benim yanımda olması lazım bence. Ama yani Burcu hiç öyle yapmadı. Niye ki? Ben dedim Burcu'ya sen zaten Mert'ten hoşlanıyorsun. Bariz. Hayır hiç de öyle bir şey yok dedi. Bizim öpüştüğümüz falan doğru değil ayrıca dedi. Ne öpüşmesi dedim. Bunlar öpüşmüş Gülfim Abla! Ben dedim, seni dedim... Sonra beni Murat aradı. Murat bu olayların iç yüzünü daha iyi biliyor. Murat dedi ki Burcu onu asıl şey yaptı dedi. Öptü dedi. Ben dedi o gün o olaylar olduğu gün oradaydım dedi. Mert dedi ona dedi aslında karşılık vermedi dedi. Ben dedim gene de dedim Mert'e güvenmiyorum dedim. Hayır yani öyle bile olsa, sonra niye biz ayrıldıktan sonra Burcu'yu arıyor, değil mi? Hangimiz haklıyız sizce?

– ...
– Gülfim Abla?
– ...
– Abla?

Uyumuşum. Bir müddet sonra uyandım.

– Hı? Efenim? İçim geçmiş çocuğum...
– Hangimiz haklıyız diyoruum?

Görüyor musunuz? Beni bunun için ofisime geri çağırmış.

– Kim kimi öpmüş dedindi sen?

Olayları en baştan, bu sefer daha da ayrıntılı anlattı. Gene birkaç defa uyuyakalmışım. Fakat günlük şekerlememi öğlen yapmamıştım. O sebeple iyi de oldu. Dinç ve zinde bir halde masamdan kalktım. Ha, bu arada bir talebeye daha eğriyi doğruyu göstermiştim. Kalktım, eve döndüm.

Muhsin, kapıyı açtı. Elimden poşetleri aldı. Kaz yavrusu gibi etrafımda dolanıyor. Kıkırdıyor.

– Ne oluyor yahu, dedim. Bir semaverler kaynamış belli. Gerçi galoba bakılarak tahmin yürütülmez. Sordum. Haplandın mı sen, kuzum?
– Ehehe, aşk olsun Gülfimcim, dedi.

Memelerime baktım. Hâlâ ellenmiyor.

– O vakit, dedim. Gözlerinde bir pırıltı var. Bir aşk pırıltısı ama. Bana mı başkasına mı çözmedim.
– Ah, doğru söylüyorsun, canım, dedi. Biz barıştık.
– Kim kimle barışmış?

Elimden bir şey düşürdüm. Neyi düşürdüğümü de o an anlamadım. Ama yerde ezildi, çıtırtısını duydum.

– Münire'ylen barıştık.

İsme bak? Münire bunun metresidir.

– Allah senin cezanı vermesin! dedim. Şunun ismine bak!

O vakit ne olduğunu anladım. İçim ezilmişti. Az önce içim elime verilmişti. Ben onu düşürmüştüm.

– Ben seviyorum onun ismini, dedi.

Ezilen içimin yerdeki çıtırtısını duydum yine. Gayri ihtiyari yere yığılıp, çökmüşüm.

– Ne biçim konuşuyorsun sen benimle, dedim. Burası Grand Kanyon mu? Kızılçeşme'de miyiz? Gül badeye dost olurken havan dövülmez! Sabır ihsan oğlu değil, nihan taşı gör gözü! Gece güne dönerken, yüzü gülenden o şöbiyetin hesabı sorulur mu? Ya dibi tutmamışsa? Ne yapacağız? Şimdi mısır mı patlatacağız? Domatesin suyu az mı geldi? Ben kimse için mısır patlatmadım. Patlamam da! Ah, bebeğim, acem taşı ararken gül goncasına kanmış. Er kişi er bezini gizler!

Beni anladığını sanmam.

– Ben sana bir su getireyim, dedi.

Hakikaten de bir bardak suya ihtiyacım vardı. Boğazım kurumuş, başım dönmüş, neye uğradığımı da büsbütün şaşırmış idim. Bana verdiği suyu içtim.

– Sağ ol.

Bana endişe ile bakıyordu. Ben de onun güzel gözlerinin içine baktım. Sonra dedim ki:

– Göktaşını delen atlet, lekesini neylesin? Ne yapalım? Hayat böyleymiş.

Boynunu büktü, ruhum. O vakitler öyle tatlı olur ki...

– Fakat öyle ise beni neden çağırdın? Ne için mesaj attın bana? Ne konuşacaktık?

Dayanamadım, bunları sordum.

– Ne bileyim, canım sıkılıyordu evde. Seni göreceğim geldi.

Bunu söyledi, ömrüm. Bir müddet sustuk.

– Görünce de sevindim.

Sonra da böyle dedi, kokarcam. Gözlüklerim buğulandı. Mevzuyu değiştirdim.

– Peki, bu çoraplar kaç gündür değişmiyor?

O da başını eğip baktı. Kokulu çorapların, büyük ayacıklarının dibinde, benim içim hâlâ çıtır çıtır, parça parça duruyordu. O sadece kendi ayaklarını görmüş idi. Çorabın içinden parmaklarını azıcık oynattı. Ben bütün manzarayı görüyordum.

– Geçer ya birazdan. O şimdi kendi kendini havalandırır. Şey, dün ofiste kaldım da ben. Ondan biraz şey oldu. Neyse dur çıkarayım.

Çıkardı, bıraktı. Onlarla şimdi benim içimdeki çıtırtı örtülmüştü. O bunu da görmedi. Bir erkeği sevmenin, çok sevmenin fenalığını size nasıl anlatayım? Ah, kimbilir, belki siz de bu fenalıkları bilirsiniz. İşte anlatmaya çalışıyorum. İnsanın içi eziliyor. Bunu bir vakit sonra anlıyor. Muşambada, kalebodurda veyahut rabıta tahtada, artık evin döşemesine de karışacak değilim, insan kendi içini bir ekmek kırıntısı gibi lime lime olmuş vaziyette görüyor. İşte öyle bir şey...

Bir de aklımda şu var idi. Belki de artık hiç sevişmeyeceğiz. İşte bu da öyle fena bir şey olurdu ki... Galiba oluyordu da. Bir derin nefes aldım. İşaret parmağımla gözlüklerimi yukarı doğru ittim. Birçok şey söylemek istiyordum. Aklımdan nice vilayet, köy, kasaba ve eyalet isimleri geçiyor, bulunduğumuz yerin bunlardan hiçbirine benzemediğini anlatmak istiyordum. Fakat sanki sesim götüme kaçmış gibi, benden bir tek nazlı bir osuruk çıkacak kaygısıyla susuyordum. Demek Münire ile barışmışlar. Ne zaman küsüşmüşler idi ki? Ben bunu da bilmiyordum. Demek kocacığım metresiyle, normal bir ilişkinin doğal gel– gitlerini yaşıyor, bunu da şimdi benimle devreden bir astsubay çavuşmuşum gibi paylaşmak istiyordu. İyi de, overlok düğümü çözenin ebegümeci yenir mi? İşte ona bunu anlatamıyorum. Gerçi bunu sade ona değil başkalarına da bir türlü anlatamıyorum. Lafta da bir gariplik olabilir. Ben en iyisi bunun üzerine biraz düşüneyim.

Sevdiğim, ayaklarına doğru eğilmiş, havayı süpürür gibi yaparak, kendince bir koku sirkülasyonu oluşturmaya çalışıyordu. Ellerini gayretkeş bir şekilde, böyle üç beş defa daha ileri geri salladı. Rayihada dengeyi yakaladığına kanaat getirip bana baktı, gülümsedi sonra.

– Geçmiştir şimdi.

İşte gene aşırı tatlı idi. Peki ben ne yapacaktım? Soyunacağım geldi. Zaten Muhsin ne vakit tatlılaşsa benim hemen soyunacağım gelir. Ne yalan söyleyeyim, o dakika soyunacağım gelmişti işte yine. Fakat soyunmadım. Ne yaptım biliyor musunuz? İçimden 3'e kadar saydım, 4 kere nefes aldım, olduğum yerde ufak ufak zıplamaya başladım, yorulduğumda 11 saniye kadar bekledim, tekrar saymaya başladım. Fakat bu sefer 3'er 3'er saydım. 24'e kadar böyle saydım. Sonra 8 adım sağa gittim, çark yaptım ve 2 adım sola doğru gittikten sonra durdum. Şehadet parmağımı burnumun ucuna değdirdim. Bu halde 8 saniye kadar bekledim.

Sekiz saniyenin sonunda bunları neden yaptığımı hâlâ hatırlayacak kadar öfkeli idim. Muhsin bana endişe ile bakıyordu.

– Gülfim?

Bacaklarımı omuz genişliğinde açtım, eğilerek ellerimi dizlerime koyup, ileriye doğru baktım. 17'ye kadar saydım.

Yavaşça kollarımı aşağı doğru bıraktım. Bu pozisyondayken nanik yaptım ve doğruldum. Hiçbir şeyimin kalmamış olduğunu gördüm. Okulda, evde, her yerde yapabileceğiniz bu hareket serisini siz de bir kenara yazın. İhtiyaç halinde uygulayın. Başarılar çocuğum.

Muhsin şimdi gülüyor idi.

– Seni özlemişim.

Eh, özleyecekti tabi ki. Bizim aramızdaki ahengi, atletik şehveti, harfendaz simetriyi daha nerede bulacaktı? Münire'de değil elbette. Münire! Bu kahrolası isim müsveddesini nasıl tonlarım ben biliyor musunuz? Eski zaman meddahlarımızdan Jerry Seinfeld üst kat komşusu Newman'ın ismini nasıl tonluyor ise aynen öyle. Newman! Dişlerimi sıkıp, dudaklarımı kısıp hiddetle fısıldar gibi. Newman! İşte böyle. Münire! Damn it, yine sen misin gibisine. Münire! Evet, işte böyle.

– Münire!

Allah onun bin türlü belasını versin! Tonladım ve devam ettim.

– Madem onunla barıştın. Senin karnıyarığını niye ben yapıyorum?
– Daha bir şey yapmadın ki, dedi.

Doğru, daha henüz yemek yapmaya başlamamıştım. Fakat mevzu bu değildi. Benim gözümde terli, habis, değirmen götlü bir yılışık komşu olarak canlanan bir kadınla rezillikler yaşıyor idi. Gerçi gözümde Heidi Klum canlansa da bu konuda farklı hissedeceğimi sanmam. Heidi Klum'a da oldum olası güvenmemişimdir zaten. Güvenmem de! Nitekim yağız eşine, nur topu gibi evlatlarının babasına, o aslan parçasına neler ettiğini bütün medya gördü. Ben Heidi Klum'a güvenmiyorum. Bilmiyorum bana o şeyi vermiyor yani, o güveni telkin etmiyor hiç. Bilmiyorum, ben böyle düşünüyorum.

Erkek milleti Heidi Klum diye nicesine sarılır, yürü ya kulum diyenle göl başında yıkanır, al kulum ver kulum... Ama benim Muhsin'imin dönüp durduğu çemberde son nokta Gülfim Toprak'tır. Benim adım Gülfim! Bunu da nasıl tonlarım biliyor musunuz? Eski zaman dizilerimizden Bizimkiler'de Sevim'in içkici kocası Cemil pencereden etrafa ve evde karısına çıkışırken bu cümleyi nasıl tonluyor ise aynen öyle. Benim adım Cemil! Kafayı öne çıkarıp, işaret parmağımı hızla kaldırıp, böbürlenir gibi. Benim adım Cemil! İşte böyle. Benim adım Gülfim! Savulun, serkeşim ben gibisine. Benim adım Gülfim! Evet, işte böyle.

– Benim adım Gülfim!
– Senin adın da güzel, dedi.

Artık delirecektim. Sonra bir anda unuttuğu bir şeyi hatırlayarak, elini alnına kapatıp haykırdı:

– Fuck me!
– Estağfurullah, dedim.

Ne olursa olsun, aşkıma kötü söz söyletmem. Gülmeye başladı gene, ruhum. Neticede erimdir. O gülünce benim de güleceğim geldi. Gülüştük. Belli ki ikimizin de sinirleri boşalmış idi. Eve gelirken o da kasap Nuri'ye uğramış. Nuri'nin dananın döşünden çıkarıp ona verdiği yapma çiçeği bana getirecekmiş meğer. Ama o sırada metresinden telefon gelince, dalgınlıkla çiçeği orada bırakmış. Şimdi de bunu hatırlayıp, öyle haykırmış.

– Ben onu sana hediye edecektim, dedi.

Bu defa hakikaten delirecektim. Bana gene gele gele o dana döşündeki sikimsonik çiçeğin geleceğine mi yanayım? Onun bile gelemediğine mi yanayım? Bizim birbirimize ellediğimiz o aile kasabında, o mahrem kanlı yuvamızda, sevdiğimin aklının hemen bir telefonla o kevaşeye kaydığına mı yanayım? O kevaşeye sadece aklının değil kendinin de kaydığına mı yanayım? Hangisine yanacağımı ve hangi sırayla yanacağımı şaşırdım. Ben yanmayım da kimler yansın? O kişiler hangi sırayla yansın? Memleketimizde krematoryum var mı idi, hangi vilayetlerimizde var idi? Benim kendimi orada şimdi yaktırmam mümkün mü idi? Ve buna benzer sorular ile daraldım. Zira şu dakika kendimi bir ölü gibi, bir fırına kapatılmış gibi hissediyor, için için yanıyordum. Ne farkı olacaktı?

Bir yandan da hâlâ soyunacağım geliyordu. Ruhum, ecnebilerin make- up seks adını verdikleri o vahşi şölene mi hazırlanıyordu ne? Tuhaf bir halde idim.

– Bana çiçek mi getirecektin?
– Getirecektim Gülfimcim, dedi.

Sanki eli bana doğru uzandı. O eli almak, göğsüme götürmek ve o el orada göğsüme yapışık bir vaziyette böyle freak show gibi gezinmek istiyordum. Bir ömür boyu. Ben buna hazırdım. Peki ya o?

– Sen buna hazır mısın?

O ne yapıyordu?

– Sen ne yapıyorsun Muhsin?

Gözlüklerim tekrar buğulanmıştı. Yutkundum.

– Ne dediğini anlamıyorum!

Bir defa daha yutkundum. İşte mesele bu idi. Birbirimizi artık anlamıyor idik. Fakat siz beni anladınız. Bravo! Tamam, şimdi dağılın.

– Anlamazsın tabi. Turp hoş kokunca, sap yaş kalınca, çük boş durunca erkek milleti sapıtır. İşte sen de öyle sapıtmışsın!

Kalktı ayağa, içeri gitti. Mutfakta tek başıma kaldım. Siz bir yere gitmediniz fakat o gitti. Halbuki ben sizi kovdumdu. Şimdi hep birlikte el el üstünde, patlıcan, kıyma başında oturalım biz. Böyle boş boş oturalım. Yanlış mı yaptık?

– Mohsiin, Mohsiin…

Ona seslendim. Bu seslenişime ekseriya dayanamaz. Bir daha seslendim.

– Mohsiin!

Fakat direniyor, bana yanıt vermiyor idi. Ben de ne yapayım? Patlıcanları alacalı soymaya koyuldum. O da içeride televizyonu açtı. Ajans duyuluyordu. Telefonum çaldı, açtım.

– Fotokopi notlarını koklamayı çok seviyorum. Bende acayip kafa yapıyor fotokopi. Bilmiyorum ama bu bir sorun mu?

İşaret parmağımın dirseğiyle gözlüklerimi yukarı doğru ittim. Cevapladım. O sırada ajansın sesinin de kısıldığını duydum. Muhsinciğim de beni dinliyor olmalıydı.

– Bu bir sorunsa bu hepimizin sorunu evladım. Onlar bir güzel kokuyor sahi. Kafa yapanı da çıktı mı bilmiyorum, ama araştıracağım! Teşekkürler tüyon için.

İçeriden küçük bir kıkırdama duydum. Sonra da ajansın sesinin yavaşça yükseldiğini. Canımıniçi, ben telefonu kapatınca tekrar dünya meselelerine dönmüş idi. Benim az önceki latifemin tesiri ile yüzüne bir memnuniyet, bir tatlılık yerleştiğine de emindim. Bir müddet sonra dayanamayıp yanıma gelecek ve telefonda bana talebemin ne sorduğunu, hangi soru üzerine böyle bir cevap verdiğimi öğrenmek isteyecekti. Şimdi hesapta benimle ilgilenmiyor, televizyonda ajansı takip ediyor idi. Ah, ben onun ciğerini bilirim. Ve o ciğeri severim. Hem de çok. Bir erkeği dalağına, tarrağına, apandisitinden medula cortezasına, kör bağırsağından, omurilik soğanına kadar sevmek nedir bilirim. Ben işte o onu öyle seviyordum.

– Golfiim…

Ve görüyorsunuz, onu tanıyordum da. Bu defa da ben cevap vermedim.

– Golfiim, Golfiim…

Yanıma gelmesini bekledim. Geldi de.

– Ne sorusu geldi sana az önce? Kim aramış?
– Ne yapacaksın?

Etrafımda tatlılıkla dolanıyordu.

– Bilmem, merak ettim de.

Soyduğum patlıcanları tekrar bir sudan geçirdim.

– Fotokopi notlarını koklamayı çok seviyormuş. Kafa yapıyormuş onda fotokopi.
– Ehehe, talebe değil mi bu da?

İlgili görünmeyeyim diye hâlâ patlıcanlarla oynuyordum.

– Talebe.
– Ne çok oynadın o patlıcanlarla?
– Başka neyle oynayayım?

Bana doğru yaklaştı. Fallik göndermelerim ona her vakit tesir etmiştir.

– Hal mi bıraktın insanda? Oynuyorum işte. Ne yapayım? Benim de ihtiyaçlarım var!
– Benim de, dedi.

Elini tezgâha dayadı. Göz göze geldik. Ben yutkundum.

– Ne zaman pişecek bu karnıyarık? Acıktık yahu!

Yaptığım göndermeyi tam olarak algılayıp, algılamadığından şüphe ederek iki adet patlıcanı alıp birbirine sürtmeye başladım. Artık daha da ne yapayım?

– Hah, pişir işte onları! Böyle böyle başla artık!

Dedi ve gitti. Sanırım karnıyarığın nasıl yapılacağına dair hiçbir fikri yoktu. Hangi yörede önce iki patlıcan birbirine sürttürülmek suretiyle bu yemeğe başlanıyordu bilmiyorum. Onun da bildiğini sanmam. Kuvvetle muhtemel zaten böyle bir yöre yoktu ve çok affedersiniz ben o patlıcanları "naughty boy" diye diye gözünün önünde pataklasam, ufak ufak sıvazlasam bile bize bugün marital seksin kapılarının açılacağı da yoktu. Bilmiyorum, belki de adamcağız hakikaten aç idi. O değirmen götlü Münire'nin kendi götünü büyütmekten vakit bulup benim Muhsinciğime bir yumurta dahi kırdığını sanmam. Zaten öyle bir şey olsa, onu da anlatırdı herhalde benim ahmak kocam. Ah, Muhsin, Ah, ömrüm. Ah, güzel gözlüm. Ah… Kimbilir ne kadar gıdasız besleniyor idi?

– Pilav da yapayım mı? Burası Akçakoca değil.

Televizyonun sesini kıstı.

– Yap, canım, diye seslendi o da bana.
– Şehriyeli mi olsuun? Erfelekte değiliz.
– Değiliz canım, dedi. Yap, nasıl istersen yap. Artık bir şey yap da!

Televizyonun sesini tekrar açtı. Gene patlıcanlarla baş başa idim. Ve sizlerle tabi ki. Siz zaten başımda kalabalık etmeseydiniz belki de ben çoktan bu yemeği bitirmiştim. Hem evliliğimi kurtarmaya çalışıyor hem de size laf anlatmaya çalışıyorum. Şimdi lütfen ayağa kalkın. Bekleyin! Tamam şimdi serbest hareketler... Ne diyorduk? Evet. Sucuk başa bir defa düştü mü suçlu sucu, iki defa düştü mü, suçlu hacı, üç defa düştü mü de, kızılay mı dağıtıyor bu sucukları derlermiş? İşte bizim durum o hesap! Daha fazla kaşınmayayım diye ben de işime baktım. Anlayacağınız ona bir defa daha seslenmedim. Güzelce kıymayı, soğanları, domatesleri, biberleri kavurdum. Patlıcanları bir güzel yardım, bunları içine yerleştirdim. Fırına verdim. Şehriyeleri kavurdum, suda beklettiğim pirinçleri ve bir buçuk bardak suyu ilave ettim. Üç dakika harlı, üç dakika orta, üç dakika kısık ateşte pişirdim. Biraz da güzel demlensin diye bekledim. Karnıyarığı fırından aldım.

İki yemeği de mükemmelen pişirmiş idim. Zaten benden de bu beklenirdi. Aldatılan bir kadın gibi değil, huzurlu yuvasında el üstünde tutulan mutlu bir kadın gibi çalışıyor idim. Geri zekâlı mıyım neyim? Neden böyle yaptığımı bazen ben de kendime soruyorum. Ama o kadar karışık, bir takım vilayet isimleri içeren, acayip yanıtlar alıyorum ki kendimden, en sonunda mevzunun peşine düşmeyi bırakıyorum. Yine bırakacak idim. Bıraktım, bırakıyorum, bıraak, tım! Ve kocacığıma seslendim.

– Mohsiin! Bade gözlüüm, aç mı karnın, sofa düzdüüm!

Geldi, neşeyle masaya oturdu. Ekmeğini böldü, pilavını kaşıkladı, keyif ile şapırdadı. Dedim:

– Şapırdama!
– Ah, çok güzel. Ama tamam. Bir tabak daha yiyeceğim.

Acıkmış kuzum. Bir tabak daha koydum. Sanki o yedikçe ben doyuyor, bu yüzden diğer doyumsuzluklardan bahis etmiyor idim. Handiyse mutluyduk o an. Ama elbet o daha mutlu idi. Değirmen götlüsüyle barışmış, deli karısı etrafında pervane oluyor, yüksek bir mevkinin sefasını sürüyor idi. Hodbin! Bakın gene sinirlendim. Karnını burada doyuruyor, gidip bir köşede değirmen götü yoğuruyor, belki de kazandığı paraları ona yediriyor idi. Şerrefsiz! Yine asabım bozuldu. Bir soru sorsam hemen cevap vermiyor, değirmenin her sözüne kanıp koşuyor, muhtemelen bizim buluştuğumuz yerlerde de onunla buluşuyor idi. Nobran!

Şimdi hatırladım. Bu beni bir gün karda kışta yolda tek başıma bırakmış, acil bir işim çıktı diye uçkur kovalamış, geç vakit gelince de işler çok birikmiş demiş idi. Maslahatgüzar! Merdümzgiriz! Aksülameel! Sergüzeşşşt! Gürbüüz! Merdümşimbaz! İp cambazı! Vantrilok! Hayır, bu sözlerin hepsini hak etmiyordu. Zaten bir tanesi sözcük değildi, bir kısmı da hakaret dahi içermiyordu. Ama gerek fonetik duruşları itibarıyla gerek benim içimdeki kor ateşi belki dindirebilir diye bütün bu sözleri ona söylemek istiyor, suratına tıpkı bir tokat gibi çarpmak istiyordum. Sade bunları mı? Hayır daha fazlasını. Zangoç! Kurna başı! Habis! Müştemilaat! İbibiik! Şimaltıknaz! Fenaa! Misafirperveer! Ama kendimi tuttum. Ben öyle bir kadınım ki ona bunları söylemedim. Sade şunları söyledim.

– Müştemilat, misafirperver!
– Ne diyorsun? dedi. Dedim:

– Zangoç, ibibik, kaydırak!
– Ha?

Doğru kelimeleri arıyordum. Gözlüğümü hafifçe yukarı ittim.

– Zangoç ipe çamaşır assa dahi, var mı sende aksülamel!
– Ben doydum, dedi. Sofradan kalktı. Arkasından seslendim.
– Overlok, meyan kökü, basket topu!

Hiç cevap vermedi. Ona kendimi anlatamıyor idim. Usul usul sofrayı topladım. İçin için söylendim. Bulaşıkları yıkadım. Sonra biraz sakinleştim. Salona gittim, geçtim yanına yerleştim.

– İşte çok yoruldun mu bugün? Mesuliyetin ne çok. Bulunduğun mevkiyi ne çok hak ediyorsun kocacığım.

Elindeki kumandaya uzandım. Aldım onu, masada duran DVD kumandasına sürttüm. İki kumandayı böyle yavaş yavaş birbirine sürtüyordum. Erotizm kokusu burcu burcu tütüyor, yârimin hâlâ bir türlü yıkamadığı ayaklarının kesif rayihasına karışıyor idi. O an bana öyle bir baktı ki kumandayı ona hemen vermem gerektiğini ve sevdiği bir programı seyrederken onu seksapelimle böldüğümü anladım. Sürtünme esnasında yanlışlıkla izlediği kanalı değiştirmiş olmalıyım. Hay, damn it! Evet, sevdiğim, iş dünyasıyla ilgili mühim bir program izliyordu. İki kumandayı da bıraktım.

– Sen güzelini bilirsin.

Koltukta bir köşeye büzüştüm.

– Kahve istersen, yaparım.

Sade başını salladı. Ben de başımı eğdim. Gözlüğümü çıkarıp masaya bıraktım. Bir nefes alıp, boş boş televizyona baktım. Mahzunlaşmıştım. Soyunacağım bile gelmiyordu. Bir müddet sonra, tahminim izlediği program bitmişti, kocaman eliyle bir takım tuhaf ve bulanık şekiller yaparak bana seslendi.

– Gülfiim, bak bu kaç?

O şekillerden gene yaptı. Elini bana doğru yaklaştırıp uzaklaştırıyor, kıkırdıyordu.

– Biliyorsun göremiyorum.

O vakit elini biraz daha yaklaştırdı. Bıkkın bir şekilde dedim ki:

– Dört.

Evet, yârim 4 yapmıştı. Sonra dedi ki:

– Bak, karıştırıyorum şimdi.

Dayanamadım gözlüğümü taktım. Yaptığı şekiller daha da netleşti. Bir elini arkasına saklayıp, diğeriyle gene 4 yaptı. Sonra iki elini de küskün yanına bıraktı.

– Ama gözlüğünü takmışsın.

Sanki dünyanın en yaratıcı, en eğlenceli, nefes kesen oyununu oynuyormuşuz da ben oyunbozanlık yapmışım gibi bana bakıyordu. Hayal kırıklığı yaşıyormuş gibi yüzü düşmüş, kaşları inmiş, dudağını biraz büzmüştü. Ben bu adamla ne yapacaktım? Güzel yüzü düşmüş, tatlı kaşları inmiş, lezzetli dudağını büzmüş, aşırı tatlı adamla ben ne yapacaktım? Bakın, siz de görüyorsunuz, ne kadar zor durumdayım. Onca tatlılığa daha fazla dayanamadım. Mememi açtım. Siz arkanızı dönün. Sonra bluzumu tekrar aşağı indirdim. Siz tekrar bakabilirsiniz. Ruhumun, az önce inen kaşları şimdi neşe ile kalkmıştı. Başka neresine ne oldu bilemem. Oraya bakmadım. Ben içimden geleni yapmıştım. Biraz da rahatladım.

Şimdi artık top onda idi. Bekledim.

– Gülfim.

Hiç ses etmedim. Sade ona küskün baktım.

– Sen benim hayatımsın, biliyorsun değil mi?

Ben bilmem, beyim bilir, demedim. Çünkü onun da bildiğini sanmıyordum. Doğrusu ben de bilmiyordum. Ama ne çok bilmek istiyordum. Dedim ki:

– Kim demiş?
– Ben diyorum işte, dedi.
– Öyle mi? Nereden belli?
– Ben senden vazgeçemem, Gülfim.
– Öyle mi? Niyeymiş o?

Ona böyle nazlanmak hayatımdaki en tatlı bir haz olabilir. Fakat bana hemen cevap vermiyor idi şimdi.

– Öyle mi? Niye ki ne?

Devam ettim. Fakat o susuyordu. Yüzünde sekiz bilinmeyenli bir denklem çözmeye çalışıyormuş gibi bir ifade vardı. Sualimi ciddiye almış, düşünüyor idi.

– Niye vazgeçemezmişsin ki?

Yıllardır asla koparamadığımız bütün bağları bana hatırlatacak, unutmak istediğim her şeyi bana unutturacak, aramızdaki o alev alev aşkı yeniden canlandıracak yanıtı en sonunda bulmuş idi besbelli ki şimdi gülümsüyordu.

– Ne bileyim? İlginç bir insansın, memelerin de güzel.

Bunu dedi. Bunu dedi! Ve vücuduyla yöneldi.

– Bana bak, dedim. Benim mememe güzel demeyen adam, zaten ne edebiyattan, ne sanattan, ne kadından anlıyor demektir. Onu bir geç. Fakat ilginç ne demek? Senin ağzın ne söylüyor? Burası Serencebey yokuşu mu? Aşağıköyde miyiz? Pazarcık'a yaz mı geldi? Ne diyorsun? Akçaköse muhtarına kim bağ vermiş? Ne bu havalar? Üçün beşin hesabını herkes verir. Peki bu rakı sofrasını kim kaldıracak? Ben değil! Ne oldu? Baklagiller pişti galiba, ha? Ne yapacağız, kestane mi patlatacağız? Ben kimse için kestane patlamadım! Patlatmam da!

Sanki ben havaya konuşuyorum, o da benim söylediklerimi zaten duymuyormuş gibi bana doğru yaklaşmaya devam etti.

– Burası Cevizlibağ mı? Kaçacak delik arayanlara müjde: Paltomun bir düğmesi koptu!

Derken birden dudağıma yapıştı.

– Gülfimcim…

Artık bakmama lüzum yoktu. Memem elleniyor idi. Öpüşüyor ve hoyratça sevişiyor idik. Ah, işte bu müthiş! Aylardan sonra, koltukta, ayakta, o beni hoplata hoplata, duvarda hışır hışır, yerde çatır çatır, masada kütür kütür sevişiyor idik. Bundan daha büyük bir saadet olabilir mi? Bizim birbirimize yeniden işte böyle tutkuyla bağlanmamız, sorunları olan birçok evli çift için fevkalade bir hayat dersi değildir de nedir? Evet evet işte böyle, hoplaya hoplaya, bağıra çağıra, kadının suyu kesilmeden erkeğin bağı büzülmeden hararetle sevişmek ne güzel! Ne tatlı! Ne latif!

– Sen benim özelimsin! Ah, benim bebeğim! diye fısır fısır, tatlı tatlı söylenirken hangi ara şu suale geldi farkında değilim. Zaten genelde farkında olmam. Her defa da şaşırırım.
– İyi sikiyor muyum?

Erimdir. Onu destekledim.

– Ah, dedim. Müstesna, leziz, lütfen bir daha yapar mısın?
– Yapıyorum zaten, dedi.

Demek o dakika yapıyor imiş. Fakat ben fark etmemişim. Ya o yumuşamış veyahut ben folloşlaşmış olmalıyım diye düşünürken, yanıp sönen bir ışıkla aydınlandım. Dikkatimi tekrar toplayınca, onun hâlâ sert olduğunu, benim hâlâ diri olduğumu, ancak cep telefonunun yanıp sönen ışığını gördükçe, ruhumun bedenimi terk ettiğini, algımı kaybedip, hissileştiğimi anladım. Kocam belli ki telefonunu sessize almıştı ve metresi de onu çaldırıp duruyordu. Yani deminden beri kocam beni sikerken, orada Münire inleyip duruyordu. O yanıp sönüyor, âdeta o zevkleniyordu. Kocam, beni öpüyor, ama sanki onun yüzü gülüyordu. Çıldıracaktım!

– Münire!

Sinirle, dişlerimi sıka sıka haykırdım. Bu kadın, ne boşanmamızı, ne boşalmamızı bekliyor idi.

– Gülfimcim, ne oluyor?

Ah, benim ahmak kocam, şu an gene saf bir çocuk gibi etrafına bakınıyor, orada ne olduğunu anlamıyor idi. Benim gene içim ezilmiş. Bu defa salonda. Benim ezilen içimin üstünde biz çatır çatır sevişiyoruz ve bunun metresi, disko topu gibi bir köşede yana döne inliyor, âdeta bize eşlik ediyor. Olan bu! Daha ne olacaktı? Ben bütün bu rezilliği görüyor idim.

– Telefonun çalıyor adam! Aşka davet var adam! Ah, adam ah, giden gülü sularlar, sincap yerinde ağlar, peki hendek dar ise, onu hangi koy geçmiş! #ŞimdikiRuhHalim hafiften paye gönlüm, kar yağacak dediler, bekle düldül, kız kaçmış!
– Sen iyi değilsin, dedi.

Vallahi, bravo! O kadarını anlamıştı.

– En son seda bağ imiş, bana sefa yar imiş, sırtlan ocak başında, yahnisini kim yemiş!

– Ben sana bir su getireyim, dedi.

Bunun da bir numarası bu! Su getirecek. Bir bunu öğrenmiş. Ah, ruhum, ah, ömrüm, ah, bade gözlüm, bana habire su getireceğine, beni bu hale getirmemeyi bir öğrensen? Fakat getirdiği suyu gene de içtim. Dedim ki:

– #ŞimdikiRuhHalim bir vakit senden bildim, fakat aile tabibinin, gene de bir fikrini alacağım!

Kıkırdadı. Yanağımı okşadı. Sonra telefonuna uzandı. Bu defa da telefonuna baktı, güldü.

– Ehehe, dedi. Münire aramış.

Gene sinirlerim oynamaya başlamıştı. Kendimi tutmaya çalışıyordum.

– Gayet sakin ve zindeyim, zeybek ve güvercin taklaya değil ama okeye dördüncü geleceğim!

– Dur, ben içeride konuşayım, bir dakika, dedi. Ve eline telefonunu alıp gitti.

– Çam dibine saç düştü, membana yaş kaçtı, parmaklıktan kuş uçtu, yakalayacağım!

Boşu boşuna seslendim ona.

– #ŞimdikiRuhHalim değil asıl, has derdim, benim adam halvette mi, kurna taşı boş kaldı!

Salonda böyle boş boş söyleniyordum.

– #ŞimdikiRuhHalim kaldırmıyor fazla hiciv, istişarede mi bülbül, zira bulaşıklar birikti!

Dedim ve sustum. Öylece kalmıştım. Bu adam beni sevmiyordu. Seven adam, sevdiği kadını, böyle üstü çıplak, altında kalem etek, bu kadar insanla baş başa bırakmaz. O gitti, ben burada sizinle yalnız kaldım. Rica ediyorum, bakmayın! Zaten utanıyorum. Hemen bluzumu giydim. Önümü ilikledim. Duvara yaslandım. Tamam şimdi bakabilirsiniz. Evet, bravo! Şimdi ne yapacağız. Duyuyor musunuz? İçeriden fısır fısır konuşması, sonra da o tatlı kocaman kahkahasıyla gülüşmesi duyuluyor. Siz de duyuyor musunuz? Ne yapacağız? Siz söyleyin, ne yapacağız? Az evvel içimde olan adam, hemen ne çabuk dışarıya açıldı, bakın siz de görüyor musunuz?

Haydi, kapısına dayanalım! Ağzımıza geleni söyleyelim! Toparlanın! Gidiyoruz!

– #özledimseni vakit şimdi erken mi, bekle dedin hâlâ mı, ahizenin ucunda, burnum dondu, hava soğuk daha ne kadar bekleyeceğim!

Kapıyı tıklattım.

– #özledimseni son bir defa perdemi, elimin altındaki gergefi, bir de flash tv'yi artık kapatacağım, bu da can!

Kapıya hızla vurdum.

– #özledimseni belki biraz acemi, komşu kızı gülceni de sana layık göremem ki ben, çıldıracağım!

Hiç cevap vermedi.

– #özledimseni sen anladın her yeri, en azında bu giriş, hol, portmanto falan, bu görünen yerleri, pırıl pırıl yapacağım!

Bir daha denedim.

– #özledimseni derviş gezer seferi, en azından biraz ibret, alsan bari bak affedeceğim!

Hâlâ tık yok. Kapıya hırsla birkaç defa vurdum.

– #özledimseni sanma ruhum ezeli, bakkaldan bir kilo pirinç, alsan bari biber dolması yapacağım!

Buna da cevap gelmedi. En sonunda kapısının önüne yığıldım.

– #özledimseni ama değil nefesini, şu televizyonun sesini, kıssan bari, bu da kafa! diye diye ağlamaya başladım. Halbuki o odada televizyon bile yoktu. Ne dediğimi bilmiyor, sade ona sesimi duyurmak istiyor, gözlüğümdeki buğudan önümü göremiyordum.

Kapı açıldı.

Bakıştık.

Halimi gördü, o da karşımdaki duvara yığıldı, çöktü. Karşılıklı oturmuş, bekleşiyoruz.

– Kapattım, telefonu, dedi.
– Ne fayda, dedim. Görüyorsun ne hale geldim.
– Görüyorum, özür dilerim, dedi.

Daha da fena oldum. Gözlüğümü çıkarıp bluzümle silmeye başladım oyalanmak için. Habire de burnumu çekiyordum.

– Gülfimcim.
– Elleme daha mememe, dedim. Biz az evvel sevişmedik mi? Kiminle seviştim ben? berber Nuri'yle mi seviştim, aile manavıyla mı seviştim, çilingir Hasan mı vardı az evvel benim koynumda dedim.
– Pis pis herifleri canlandırma gözümde, dedi.
– Sevişir sevişmez Münire'yi aradın, onunla konuştun.
– E, aramış kadın.

Kalan aklımı da yitirecektim. Yüzümü kapatıp, hıçkıra hıçkıra ağlamaya başladım.

– Biz seninle anlaşamayacağız.

Kafamı kaldırdım, onun yüzünde gene o denklem çözmekle uğraşan ifadeyi gördüm. Yanıtı bulduğunu düşünüp şöyle dedi:

– Bir yandan da çok iyi anlaşıyor gibiyiz.
– Sen de şaşırdın artık, Muhsin, dedim.

Bir müddet daha sessizce oturduk. Sonra cep telefonunu eline alıp yılan oynamaya başladı. Bu böyle sıkıldığında cep telefonunda yılan oynar. Bir yandan da konuşuyor.

– Bilmiyorum, benim de kafam karışık, çok çalışıyorum bu aralar. Bilmiyorum, belki de çok çalışıyorum, ondan oluyor.

Böyle bir bahane olabilir mi? Sorarım size. Böyle sikimsonik aldatma bahanesi mi olurmuş? Sinirlerim oynadı.

– Çalışıyorsun da bana mı çalışıyorsun?
– Hep sizler için.
– Biz kimmiş?
– Münire ile sen.
– Ulan Münire bizim evladımız mı? Ne diyorsun sen? Sen bir de bu kadına para mı yedirdin yoksa?

Telefondan kafayı kaldırıp bana baktı, dudağını kıstı.

– Bir miktar ihtiyacı olmuş.

Vallahi cinnet geçirecektim. Sanki bir düşküne, bir garibe, bir evsize yardım etmiş, lösemili çocuklar derneğine varını yoğunu vermiş gibi mahzun ama yaptığı iyilikten gurur duymuş bir ifade vardı yüzünde. Bu benim akıllı, zehir gibi kocam olamazdı. Bu bildiğin ahmak idi. Bu dam budalası idi. Bu bana bunları böyle anlatıyordu. Bu gamsız idi.

– Gamsız! diye bağırdım. Ben o telefonu kıracağım!

Yapma, etme, eyleme derken biz gene kendimizi sevişir bulduk. Eyvahlar olsun! Bu ilişki nereye gidiyordu? Siz söyleyin, nereye gidiyor? Peki, ben söyleyeyim. Bu ilişkinin yolu yol değil. Benim canım acıyordu. Et tırnaktan ayrılır mı? Oy, ne biçim acır. İşte ben aylardır böyle acıyorum. Çünkü biz onunla kopuyorduk. Aman ne eğlendik, ne koptuk, gül gül öldük, gibi bir genç işi kopmadan bahsetmiyorum elbette. O akşam çok koptum, sabaha kadar dans, kopması değil bu, hayır! Ah, keşke öyle olsaydı. Ah, keşke sevdiğimle biz böyle ergenler gibi kopuyor olsaydık. Hayır! Biz onunla yetişkinler gibi kopuyor, ama nedense şu an bir yandan tavşanlar gibi sevişiyorduk. Yangından mal mı kaçırıyoruz? Karı koca birbiriyle hesabını hep böyle mi kapar, bilemiyorum. Ama bizim hesap galiba böyle kapanacaktı.

– Böyle bir şey olamaz! Hem benimle hem Münire ile sevişemezsin!

Bunu sevişme bittikten sonra söylüyordum. Sevişme bittikten sonra sevişme hakkında konuşmak öyle kolay ki. Bir sigara içip bitirdikten sonra, sigarayı bırakmanın insana o an çok kolay gelmesi gibi bir şey. Ancak şu dakika kendimde o gücü buluyordum.

– Hem benimle, hem onunla olamazsın!

Aman tanrım, ne kadar mantıklı konuşuyordum.

– Ya o, ya ben!

İşte o kadar dedim. Sonra bir daha dedim:

– İşte o kadar!

Yüzü düştü.

– Biraz da mı sevişemem?
– Biraz sevişmek neymiş?

Gene, tepemin tasını attırmıştı.

– Neyse, benim bunu bir düşünmem lazım, dedi, yanımdan kalktı.

Ne oluyordu? Ne yapacaktı? Biraz sevişmek ne? Kiminle biraz sevişmek derdinde idi? Benimle mi, onunla mı? Her ikimizle de azar azar mı? Nasıl bir cinsel perhizin peşinde idi bu dingil? Her şeyi sorgulayacaktım! Beni içine sokmaya çalıştığı bu zalim ve sapkın düzenin bir parçası olmayacaktım. Evet! Şu anda onunla mantıklı bir şekilde konuşmaya muktedirdim de galiba. Uzun bir zamandan sonra tekrar sevişince, tahminime göre nörotransmitterlerde de bir tatlı bayram telaşı hasıl olmuş, hızla salınıyorlar, oradan oradan koşturuyorlar, nöronlar da bu coşkuya katılıp boyuna ateşleme yapıyorlardı. Aklım yerinde idi. Onunla konuşacaktım! Peşi sıra ilerledim. Ancak gelen telefon ile bölündüm.

– Efendim çocuğum?
– Vaktimi bir türlü iyi değerlendiremiyorum. Hep kızları düşünüyorum. Ders çalışayım falan diyorum ama hep aklıma kız geliyor. Vizede, finalde de kız düşünüyorum. Kızlar bana çok çekici geliyor. Vallahi de öyleler. Şey, benim kız arkadaşım yok da. Ne yapayım?

Hemen kendisine yardımcı oldum.

– Canım yavrum, sana bazı egzersizler vereceğim. Dinle! Evvela sağ elini şöyle esnet. Esnet, aç, esnet, aç. Korkak alıştırma. Daha sonra al onu kaldır, yanağının orta yerine güzel bir patlat! Hah, kendine geldin mi? Densiz! Ne biçim bir sual bu? Şaşırma! Her bir şeyi de ben mi size öğreteceğim? Elbette her bir genç erkeğin, yalnızlıkla mücadele yöntemi vardır. Fakat bu mevzular öyle ulu orta, hele de benim zarafetimde ve vakarımda bir hanımefendiyle konuşulmaz! Bu yaşına kadar bazı şeyleri öğrenemediysen, arkadaşların da sana ser verip sır vermiyor ise, alırsın bir büyük amcanı, dedeni, enişteni var ise kayınçonu bu ince mevzuları erkek erkeğe konuşursun. Fakat sen bunları yapmadan önce gene elini kaldır, öbür yanağına da bir güzel patlat! Hah, iyicene kendine gel. Vallahi sinirlerim oynadı, ha!

Şaşkoloz! Sahiden bu talebeler de şaşırdı! Dünyanın suyu çıktı, dostlar, yurttaşlar. Bu dünyanın suyu çıktı. Fakat biz kendi işimize bakalım. Ne diyorduk? Ne yapacaktık? Evet. Bir güzel gidip, içeriye Muhsin'in kapısına dayanacağız, onunla aklıselim bir halde konuşacağız. Gelin! Bu şimdi gene o küçük odada yılan oynamaya dalmıştır. Gelin, siz de benimle. Bunun hakkından ben tek başıma gelemiyorum, siz de gelin. Fakat, bir dakika. Of kimbilir gene ne var?

– Efendim, evladım?

– Modern astrofiziği geleneksel sanatlarımızdan çubukçuluğa uyarlama çabam sonuçsuz kaldı.

– Ve?

– Ne bileyim, insan üzülüyor.

– Of.

Telefonu kapattım. Kapatmamla da karşımdaki kapının açılması bir oldu zaten. Bu talebeler hakikaten bir vakitler böyle değillerdi. Onlar da bir şaşırdılar. Hep beraber ne yiyip ne içiyorlarsa bu yemekhanelerde? Neyin menüsü bu? Bilmiyorum. Fakat araştıracağım! Neyse, biz benim adamla gene göz göze geldik.

– Kimle konuşuyorsun sen deminden beri? Kim arıyor böyle art arda, dedi.
– Sen dedim, önce üstüne bir şort giy, ne bu böyle, niye soyundun gene sen?

Ellerini bu defa önünde şöyle üç beş defa ileri geri salladı.

– Şey, havalandırıyorum da ben bunu.

Havalandırıyor! Sevdiğim hijyen namına yıkamak, yıkanmak gibi kavramlar bilmiyor. Sade havalandırmayı öğrenmiş. Bir bunu biliyor. O yüzden her şeyini havalandırıyor. Şeyini de havalandırıyor.

– Saçmalama dedim, giyin üstünü. Ciddi bir şey konuşacağım.
– Giymiyorum işte, dedi.

O halde koltuğa oturdu. Topları sağlı sollu yayıldı. Zabit sağ taraftakinin üstüne düştü. Ve ekledi.

– Daha havalanıyor.
– Görüyorum, dedim. Of, havan batsın. Dinle.

Herifin ekipmanlar orta yerde, birbirine denk vuruyor. Bu halde konuşmak öyle güç ki... Buna rağmen toparlayacağım. Ne diyeceğimi toparlayıp, tane tane söyleyeceğim.

– Bak, Muhsin, seninle acı tatlı günlerimiz oldu.

Bir bacağını öne attı, zabit sola yattı.

– Sence benim bacaklarım güzel mi?
– Karı mısın sen? Ne yapacaksın bacağın güzel olsa?

Allahım, nedir bu beylerin bu bacak takıntısı? Göt takıntısı? Bunlar kendi götlerine, kendi bacaklarına bizimkilerden daha çok bakıyorlar. Götleri büyümesin diye akılları çıkıyor, düzgün bacaklarıyla övünüyorlar. Sanki her an kankan dansı yapmaya hazır olmak istiyorlar. Neden böyle, ne vakit böyle oldular, sahiden bilmiyorum. Gene de onu kırmaya gönlüm hiç el vermiyor.

– Düzgün, dedim. Düzgün bacağın, güzel. Şimdi beni dinle. Topları da toparla. Dikkat dağıtıyor.

Toplarına baktı. Onları nasıl toplayacağını hesap etmeye çalışırken, ellerini yaklaştırdı, bilmiyorum artık sağlı sollu iki yandan kavrayıp öyle tutacak mıydı, her ne geçiyordu ise o an aklından, bu ona saçma gelmiş olmalı ki birden gülmeye başladı.

– Onlar birbirine arkadaşlık ediyorlar!

Gülmemek için kendimi zor tutuyordum. Dayanamadım bir kahkaha patlattım. Aşkım, hayatımın erkeği, yiğidim, toplarını ve Zabit Efendi'yi avuçlamış, çüküyle oynayan küçük bir çocuk gibi konuşuyordu. Bütün ekipmanına bakıyor ve bir embesil, mental retardasyonda bir biçare gibi hayâsız, mantıksız konuşuyordu. Ruhum, galiba kafayı sıyırmıştı.

– N'apıyorsun sen? dedim. Senin mevkiinde, senin mertebende bir insana bunlar hiç yakışıyor mu?

– E, sen tut o zaman, dedi.

– Ben tutacağımı tuttum, zaten, dedim. Uzatma! Fena oluyorum.

Artık büsbütün çirkinleşmiş idik.

– Rica ediyorum, toparlan!

Güzel gözlerini bana dikti.

– Hoşça kal de, öyle kapatacağım dükkânı!

Mecburen o tarafa doğru bakıp, çabucak diyiverdim:

– Selametle!

Dedim ve gülmemeye çalışırken püskürdüm. O güldü ve şortunu giyinmeye başladı. Evliliğimin vaziyeti şaka gibiydi. Halbuki şaka olmayan tek şey evliliğimin vaziyeti idi. İşte, Zabit Efendi ile de vedalaşmış idik. Uzun bir aradan sonra birkaç saat evvel tekrar karşılaşıp kucaklaşmış, fakat şimdi de güle oynaya ayrılmış idik. Hayli saçma bütün bunlar. O kadarını ben de görüyordum.

– Bu yaptıklarını sana yakıştıramıyorum. Bu yaptıklarına dayanamıyorum! Bak sen ne kadar mühim bir işadamı oldun! Birçok devlet erkânı ile yakın ilişkiler içindesin. Gül gibi bir karın var. Ne kadar güzel hayatın…

– Benim karım taş! dedi.

Hakkımı yemez şimdi, ona bir şey diyemem. Fakat mevzu tam olarak bu değil. Siz de görüyorsunuz değil mi, gene tam olarak kendimi anlatamıyorum. Ama devam ettim.

– Hah, işte niçin aldatıyorsun? Vallahi elâleme rezil oluyoruz! Kitleler peşinde! Senin mevkiinde bir insan! Bu kadar yoğun işin var, haysiyetin var! Niçin metres geliştiriyorsun?

– Bu camiada da çok zordur metres geliştirmek biliyor musun, Gülfim?

Gözlerini aça aça söyledi bunu. Zoru başarmış, bu zaferi paylaşıyormuş gibi benimle. Öyle bir of çektim ki... 42 dağdan düşen taşın sesini duydum. Kulaklarım çınlamaya, beynim uğuldamaya başladı. Ben bu adama ne diyeceğim? Ah, ben bu adama ne söyleyeceğim? Çok yoruldum, bıktım ve şiştim. Çocukken okuldan eve yetişinceye kadar çişini tutamayıp tam eve girmeden kapıda salıverince, paçalardan sidik sızıverince, hem bir utanç hem de bir rahatlama olurdu ya, işte ben de az sonra öyle rahatlayacaktım. Şiştim, şiştim, sonra şu sözleri ağzımdan kaçırdım. İşer gibi soruyordum.

– Sen beni sevmiyor musun?

Gözlüklerim gene iyice buğulanmış, gözyaşlarım yol yapmış, altından akıyordu. Yani anlayacağınız, her türlü sızdırıyordum.

– Sevmez olur muyum, dedi.

İşte ben de bunun cevabını arıyordum ya.

– İşte onu soruyorum.

Kendimi toparlamaya, işaret parmaklarımın dirsekleriyle gözlüğümün altından gözyaşlarımı silmeye çalışıyordum. Gözlüğümü de düşürdüm. Eğildi, benden önce uzanıp aldı, bana uzattı. Kendi gözleri de dolu idi.

– Ah, Gülfim ben seni nasıl sevmeyeyim?
– Bilmiyorum, dedim. Gözlüğümü taktım.
– Bu sevme şekli olmuyor. Bu şekilde sevme. Her yanım acıyor.
– Ben seni her türlü seviyorum.

Artık gözlüğü de çıkartıp, hüngür hüngür ağlamaya başladım. Seven hali bu ise demek sevmese kimbilir bana daha neler edecekti? Takatim kalmamıştı. Bir defa daha sızdırdım.

– Peki ya Münire?

İlkin cevap vermedi. Kaybedecek bir şeyim yoktu. Saldım.

– Demek beni seviyorsun. Peki Münire?
– Onu da gerçekten seviyorum.

Bana bir köpek yavrusu gibi bakıyordu. Gözleri ve burnu ıslaktı. Dedim:

– Burnunu sil!

Ellerini açtı. Sağına soluna baktı, canımıniçi.

– Dur, ben getireyim.

Mutfağa doğru koridorda yürümeye başladım. Bir elimle duvara sürtünüyor hem de az da olsa dayanıyordum. Gözlerim kararmaya başladı. Oh, ne ala! İkimizi de gerçekten seviyor. Ne güzel! Ne saadet, ne haz! Ben niye gelmiştim mutfağa? Pirinci ıslayıp fıstık mı katacağım? Istakoza kına mı çalacağım? Şömineye bir odun daha mı atacağım? Horoz şimdi ötmüyor, aç yerine tok doyuyor. Belki biraz da ondan oluyor. Daha anlatacağım! İnsan oğlu güldür yüzü, gene sen gezdir baldızı, sade yalan avutma, bu ispinoz dağa kaçtı. Avcı uçtu, yoğurt taştı. Ah şurada da süt taştı. Belki biraz şaşkınlaştı. Haydi gel! Tespih mi dizsem, kement mi atsam? Sen de ser! Nane limon kabuğu, biraz dere otu katasın ama hah hah ha… derken bayılmışım.

– Gülfiim, Golfiim… Canıım…

Hayal meyal gözlerimi açtım.

– Golfiim, canım, uyan…

Uyandım. Karşımda aşk vardı.

– Ah, çok kötü bir rüya gördüm Muhsin. Rüyamda sen kendine metres yapmışsın. Ben çok fena kafayı sıyırmışım, abuk subuk konuşup duruyorum böyle. Sen çükünü açıp ortalıkta geziyorsun. Bütün millet bizi izliyor. Kepaze olmuşuz.

Karı da değirmen götlü bir şey. Sikko da bir adı var. Münire mi ne? Ay çok fenaydıı, ay iyi ki uyandım.

Sessizleşti, dudağını kıstı. Kaşları yukarı doğru telaşla kalktı.

– Doğru mu yoksa bütün bunlar?

Her şey tekrar geri gelmeye başladı.

– Ortalıkta çükümü açıp gezmiyorum! Sade evde gezdim, o da havalandırmak için.

Of, bitmez bunun bu havalandırma mevzu...

– Ama diğerleri doğru hep? Burası da Kızılcahamam değil! Ben de peçete getirmeye gitmiştim mutfağa?

– Yok, Kızılcahamam Ankara'da kalıyor. Bak şimdi ne yapacaksın biliyor musun? Ankara– Bolu yoluna girdin ya, D 750 var Gerede– Kızılcahamam, o eski İstanbul– Ankara karayolu. Hah, o yöndeki rampayı geç, hafif sola dön.

– Sus be! Ne saçmalıyorsun?

– Kafanı dağıtırsam, dedim, acaba?

Nasıl bir üçkâğıtçıya zehir zemberek âşık olduğum oradan da görülüyor mu? Şaşkın! Eskrim! Fena! Nembutal! Ona ağır sözler söylemek istiyordum. İpnozem! Alçak! Zerdeçal! Süspansiyon! Kötü! Daha neler, neler... Fakat diyemedim. Sesim çıkmıyordu. Sonra inleye inleye şunu diyebildim.

– Hâlâ seviyorum, böyle yapamam, ölüyorum, git buradan!

– Gitmem, dedi.
– Git, mahvoluyorum, görmüyor musun?

Görüyordu. Artık, o kadarını o bile görüyordu. Ayağa kalktı. Bir müddet manasızca, çaresizce birbirimize baktık. Ne yapacaktı?

– Su getireyim mi? Bir şey ister misin? Kafayı da çarpmışsın bayılınca, şişmedi ama…
– Sade git istiyorum!

Halbuki sade gitmesin istiyordum. Hiçbir zaman gitsin istemiyordum. Ama mesele şu: o gideli çok olmuş, bunu artık siz de görüyorsunuz, ben de görüyorum.

– Peki onlar?
– Onlar kalacak, karışma!

Elinde olsa, size de karışacaktı.

– İçim el vermiyor.

Hiçbir şey söylemedim. Ona bakmıyormuş gibi yaparak yan döndüm. Göz ucuyla bakıyor, ne yaptığını anlamaya çalışıyordum. Karşıdan karşıya geçecekmiş gibi önce sola, sonra sağa, sonra tekrar sola baktı. Karar vermeye çalıştığı vakitler bu hareketleri böyle art arda yapar. Sonra içeri gidip geldi. Küçük sırt çantasıyla döndü. Ah, canım benim, koca adam, onun içine hangi eşyası sığacak? Ah, bir tanem, ah bebeğim, nereye gidecek, nerede kalacak? Ben ona nasıl kıyacağım, derken masanın üzerindeki telefonunun ışığı gene yanıp söndü. Geçebilirsiniz! Şimdi– Karşıya– Geçebilirsiniz! Konuşan ışıklı trafik lambaları gibi, bu kaltak da sevdiğimle işte böyle olduğu yerde yana döne konuşuyordu. Nereye gideceksin diye sormama lüzum yoktu. Aşüfteden gelen ışıklı çağrı onu nereye götürürse o da muhtemelen oraya gidecekti.

Bildiğin gitti. Dış kapının kapanma sesi tekrar kulağımda çınladı. Gene battal, hazin ve habis bir sessizlik. Sanki bir an tekrar kapı açılır gibi oldu. Baktım, bu içeride. Ah, eğer bu kadar çabuk geri dönecektiysen, neden beni bıraktın az önce, bana bu kadar acı çektirmeye ne hakkın var, yazık değil mi bana, ama döndün ya, önemli olan da bu, ah ben de seni seviyorum dememe kalmadan üçlü prize doğru ilerlediğini gördüm.

– Unuttum da ben bunu.
– Ne? Üçlü prizi mi alacaksın? Üçlü priz, bir evde ne kadar mühim bir şey!
– Yok, şarjı unutmuşum, onu alacağım.

Abandı prize, şarjı çıkardı. Salondaki üçlü prizin bir tanesi fazla sıkı, o yüzden oradan bir fiş ancak böyle abanarak çıkartılıyor. Bu yüzden biz telefonun şarjını oraya takarız ve onu oradan mümkün mertebe hiç çıkarmayız. Ama o çıkardı, işte. Dedim ki:

– Peki, ben ne yapacağım?

Bizim ikimizin de telefonları aynı. Bir adet şarjımız var. Biz yıllarca aynı prize telefon şarjı sokmuşuz. Ben ne yapacağım? Gene önce sola, sonra sağa, sonra tekrar sola baktı. Şarjı getirdi, avcumun içine zarifçe bıraktı, avcumu kapadı. Babaannesinin yedi asırlık elmas yüzüğünü bana veriyor ve bu hareketle beni kutsuyor, bağlılığını dile getiriyormuş gibi bir merasimle ve yavaşlıkla yapıyordu bunu.

– Ben kendime yarın bir tane alırım.

Son sözü bu oldu. Bir defa daha dış kapı kapandı. Gitti. Ben elimde telefon şarjı ile kaldım. Onsuz ben o şarjı ne yapacaktım? Affedersin, ben o şarjı, onsuz nereye monte edecek idim? Müstehcen çağrışımlardan derhal sıyrılıp, kendi derdime düştüm. Siz de sıyrılın! Ah, keşke o şarjı da alsa idi. Hatta o üçlü prizi de alsa idi… Ya da tekrar düşününce, o üçlü prizi almaması iyi oldu. Hakikaten üçlü priz bir evde çok lazım bir şey! Yani insan ne kadar üçlü priz alırsa alsın, gene de hep bir odada eksik oluyor, insanın tekrar bir üçlü hatta beşli priz alası geliyor. Aynı şey bir de korniş kilidi için geçerli sanırım. O da ne kadar lazım olan bir şey! Sanki o da hiç yetmiyor, hep bir tane eksik.

Getirin! Dünyanın bütün korniş kilitlerini getirin bana! Üçlü, beşli, altılı priz bilhassa voltaj korumalı, toprak kablolu olanlarından getirin! Bilhassa voltaj korumalı, toprak kablolu olanlar iyi oluyor çünkü. Getirin! Of, ne fayda? Adam gitti. Ne bağırıyorum?

– Mohsiin, Mohsiin…

Ah, keşke beni duyabilseydi. Fakat beni şimdi sadece siz duyabiliyorsunuz.

– Bade gözlüüm, bak halime, kafayı çizdiim…

Ah, nerede? Artık duyamaz ki… Bu gece zor geçecek... Rica ediyorum herkes sessiz olsun, bir köşeye büzüşüp beklesin. Biliyorum sizlerin de bu konuyla ilgili söyleyeceğiniz şeyler olabilir. Fakat her kafadan ses çıkınca fena bir uğultu oluyor. Zaten kafam hâlâ acıyor. Şimdi kalkın, tek sıra halinde dizilin! Sağ elinizi kaldırın, saat yönünde bir yuvarlak çizin, sonra sol elinizi göbeğinize götürüp ters istikamette yuvarlaklar çizin. Bu senkronizasyonu tam olarak sağlar sağlamaz, Erol Evgin'in Bir İlk Bahar Sabahı şarkısını söyleye söyleye dış kapıya doğru, sırayı bozmadan yavaş yavaş ilerleyin. Hah, güzel. Şimdi de defolup, gidin!

Ben yatıp uyuyacağım artık! İyi geceler!

Uyuyamıyorum

Tabi ki uyuyamadım. Evdeki sessizliği dinledim, durdum. Bekledim. Hakikaten gitmiş idi. Beklememin manası yoktu. O vakit neden bekliyordum? Aşk işte. Böyle bir şey idi. Neyi niye beklediğini bile bilmeden bekleten şey. Zalimin zulmü. Mazlumun ahı. Gözümün nuru. Yakar yakmaz yanan çakmak. İşte bütün bunların hepsi benim için aynı manaya geliyordu: Aşk! Veyahut diğer adı ile: Muhsin! Daha şimdiden onu düşünüyor, onu özlüyor, bundan sonra ne bok yiyeceğimi hesap etmeye çalışıyordum. Ne fena şey! Halbuki bizim evde hemen bütün hesapları Muhsin'im yapardı. En güzel bir matematikle, alacak, verecek, eksisi, artısı... Hep en güzel bir şekilde, en güzel bir toplama, çıkarma, çarpma... En güzel bir... En güzel bir... Ah, biraz ağlayacağım.

Sade matematiği mi, coğrafya, fizik, farmasötik kimyası da pek iyi idi. Fakat benim kimyamı bozduktan sonra? Daha birçok müfredatı en bir güzel şekilde karşısındakine aktarır, bilhassa bu mevzulara meraklı olanların aklını alır idi. Fakat bende akıl bırakmadıktan sonra? Ah, o öyle bir tatlılıkla ve sebatla kendi meziyetlerini tattırır ve kendine müptela ettirir idi ki o... Fakat benim tadımı tuzumu hepten kaçırdıktan sonra? Beni sade müptela değil müptezel de ettikten sonra? Yeter yahu! Oturduğum yerde çıldırmayacağım. Ayaklandım!

Bir müddet ayakta ağladım. Sonra geçtim televizyonun karşısına oturdum. Bu yaştan sonra oturup dizi seyredecek değildim. Birçok kanalı böylece atladım. Daha o kadar kendimi kaybetmemiştim. Sonunda X Factor izlemeye karar verdim. En azından bu ecnebi yarışmayı izlerken biraz kulaklarımın pası siliniyor, Simon Cowell'ın acı-tatlı eleştirileri, çapkın hicvi ile ufaktan şenleniyordum. Nitekim öyle de oldu. Biraz oyalandım. Bir miktar şenlendim, bir kısım yarışmacıyı favori, bir kısmını loser belledim. Kafamı dağıttım. Ancak televizyonu en sonunda kapadım ve o sessizlikte canım kocamın ve Münire'nin gülüşüp, sırnaştıklarını duyar gibi oldum. Tekrar çıldırdım. Kendimi derhal oyalamam gerekliydi.

Bilgisayarı aldım karşıma. Evvela gelen bütün oyun isteklerini kabul ettim. Sonra ne lazımsa herkese tek tek gönderdim. Oyun oynayanlar için yeri geldiğinde bir bağ maydanozun bir matador kemiğinin bir kereviz sapının bir pandülün efendime söyleyeyim bir robdöşambr kuşağının ne kadar hayati bir önem arz ettiğini bilirim. Evet bu materyallerin hepsini şu anda uydurdum ama yani hakikaten öyle acayip ve uygunsuz şeyler istiyor ki insanlar bu oyunlarda birbirlerinden, sonra ne yüzle birbirlerine bakabiliyorlar bilemiyorum. İşte dediğim gibi her ne istemişlerse gönderdim. İçimde sinsice iyilik yaparak iyilik bulmak umudu taşıyordum çünkü. Fakat herhangi bir hoşlukla karşılaşmadım. Telefonumun ışığı da yanmıyordu.

Ben trafikte bir şeritte sessiz sakin giderken, karşı şeridin tıklım tıklım olduğunu fark edince, ellerimle ağzımı siper edip, oradakilere "Suckeer!" diye bağırmayı çok severim. Şimdi öyle hissediyorum ki, birileri de bana aynı bu şekilde bağırıyor. Çünkü o gariban araçlar gibi, o araçlardaki kerizler, enayiler gibi ben de sıkışıp kalmışım ve hareket edemiyorum. Birileri de bana, işte böyle bağırıyor, sonra da kendi akıcı şeritlerinde basıp gidiyorlar. Kim bunlar? Kim, kim, kim? Siz misiniz yoksa, onlar, ha? Siz mi bağırıyorsunuz yoksa "Enayi!", "Keriz!" diye arkamdan. Defolup gidin var ya, ben adamın zembereğini alır, ortalık yerde bir güzel sallandırır, sonra da aksamını bozmadan aynen yerine takarım. Benim adım Gülfim! Ah Gülfim, ah! Yat uyu da delirme, el aleme kendine daha güldürme, zıbar daha!

Oyunlardan da çıktım. Elim ayağım titriyor, duvarlar sanki üzerime üzerime geliyor, eşek hoşaftan anlamıyordu. Anlasa idi zaten burada bir ömür boyu kendi meşrebimizce tepişip durur idik. Ah, tekrar fenalaştım. Biraz sakinleşmek için Radi Hoca videolarını açtım, birkaç bölümü art arda izledim. Radi Hoca'nın kendisini tanımam fakat onu bir meslektaşım olarak görürüm ve talebelere yardımcı olma gayretini takdir ederim. Neticede gençlere, orta yaşlıya, yaşlıya, merhuma bir faydamız dokunuyorsa, bir şekilde gönüllerde, ruhlarda taht kuruyor, bir nevi erdem ve bilmek aşkı aşılayabiliyorsak ne mutlu bize… Neyse, sonra baktım Radi Hoca izlemek de beni kesmez oldu. Twitter'a girdim. Sonunda olacağı buydu. Hemen laf çakmam lazımdı. Baktım TJK ganyan sonuçlarını veriyor. İstanbul yarışlarında 5'li Ganyan 2.134,96 TL, 4'lü Ganyan 31,62 TL, 3'lü Ganyan 3,70 TL vermiş. Affetmedim. Dedim ki:

-@_TJK_üçün beşin hesabını yapmayı ne zaman bırakacağız? artık yeter!

Lafı gediğine koyduktan sonra daha da dolanmadım internette, o sanal, yalan âlemde. Kapadım bilgisayarı. TJK'ya fevkalade bir insanlık dersi vermiş idim. Bu gurur ile kalktım ve usulca yatak odasına doğru yürümeye başladım. Peki çift kişilik yatakta tek kişilik saadet olur mu? Göreceğiz. Ah, Muhsin. Sen nerede, kiminlesin? Bunu sade tahmin edeceğiz. Her nerede isen iyi geceler sana ruhum, iyi geceler sana ömrüm, iyi geceler sana canımıniçi, Allahın bir belası, rögar kapağı, tuz ruhu, kokarcam… Kocam. İyi geceler.

İkinci Bölüm

Ben hiç anlamamışım.

Yeni bir güne merhaba. Muhsinsiz, yepyeni bir gün! Ah, harika. Neden olmasın? Belki de ben artık son derece mutlu bir insan olacağım! Ah, muhakkak. Haydi bakalım. Şimdi kalk Gülfim. Etrafına bir bak. Şimdi tekrar yat Gülfim. Zira saat daha erken! Sabaha kadar emme basma tulumba gibi kafayı bir indire, bir kaldıra en sonunda günü aydırdım.

Uyandım! Evet! Merhaba. Bu defa kesin. Zımba gibi ayaktayım! Kalktım. Muhsin'in eksikliğini hiçbir şekilde hissetmiyorum. Orası kesin. Zaten ben fevkalade, özgür ve akıl sağlığıma kavuştuğum leziz bir hayata başlayacağım. Ofise gideceğim. Hem insanlara hem de böylece kendime yardımcı olacağım. Hazırlandım, çıktım.

Şehirde dolaştım. Tasvirler, şeyler... Ofise vardım. Danışanlar, talebeler, aşk acısı, yürek yarası çekenler, siyatik, aforizma, bel ağrısı ve fıtık şikâyetleriyle gelenler daha kapıda sıralanmaya başlamamışlardı. Gördüğünüz gibi geniş bir popülasyon üzerinde çalışıyor her nasıl yapıyorsam bir şekilde her türlü derde deva olmasını biliyorum. Peki ben ayrılık acısını atlatamazsam kim atlatabilecek, öyle değil mi? Vallahi bravo! On numara bir retorik sual! Hepinize tebrikler. Fakat takdir edersiniz ki Gülfim Ablanın da dertleşmeye ihtiyacı olabilir. Ortalık kalabalıklaşmadan ilk iş hemen en yakın arkadaşım Nefiye'yi aradım. Dedim Nefiye böyleyken böyle. Benim adam şöyle yapmış, böyle etmiş, en sonunda da gitti. Artık bitti. Bir türlü inanamıyorum bu yaptıklarına dedim. Şu hale bak! İnanabiliyor musun bu olanlara?

– Ay, neden inanmayacak mışım? Sen de ne şaşırıyorsun bu kadar? Sanki Muhsin'i bilmiyormuşsun gibi, dedi.

Sanki Nefiye, Muhsin'imi benden daha iyi biliyordu.

– Kız, dedim, Nefiye! Yoksa sen de mi yattın Muhsin ile?
– Ne alakası var canım? dedi.

Güldü, sonra da ekledi.

– Sade bir defa. Artık o da sayılmaz.

Tabi, doğru. Sayılır mı o hiç? 35 yılı aşkın arkadaşlıklardan sonra gelen birbirimizin eşleri ile bir defalık sevişme hakkımızdan bahsediyor olmalı, öyle değil mi? Tabi yahu, her sıkı dostluğa bahşedilen bu en doğal hakkı ben nasıl olup da unutmuşum! Hayret!

– Şaşkın mısın kız sen? Ne saçmalıyorsun be, dedim. Ne demek sayılmaz? Ne vakit, ne, nasıl oldu böyle bir şey? Ne diyorsun sen? Sade bir defa ne demek? Nasıl? Ha? Ney? Kızgın dağa şirk koşan öküz büzülür mü? Hangi dağda mebus öldü? Ne diyorsun sen? Şemsipersiz! Dübele nazire yapılmaz!

– Sen iyi değilsin, dedi.

– Eh, sayende değilim, diyebildim.

– Su var mı yanında? Su iç bari. Amma da büyüttün canım sen de!

Bende akıl kalmıyordu. Ben fena, çok fena oluyordum. En yakınım, Nefiye'm dahi bu fenalığı bana yapabilmişse ben elin adamına ve diğer el kadınlarına ne diye kızıyordum? Tüm dünya ile barışasım ve âlemi bir kaltaklıklar diyarı olarak kabul edesim ve cümle âlemi yediği bu haltlardan muaf edesim ve ağlayasım ve haykırasım ve gülesim ve oynayasım ve beynimin orta yerinde zonklayan kasnak şeklinde olduğunu hayal ettiğim ağrıyı çekip oradan çıkarasım ve onunla masanın üstüne çat çat diye vura vura kafamdaki kasnağı kırasım, lime lime edesim geliyordu. İyi değildim.

– Tek bir şey soracağım.

– Hayır, o kadar da iyi değildi. Kendi kocamla daha güzel oluyor.

– Hay, Allah kahretmesin seni kadın, dedim. Onu mu sordum ben sana. Başka bir şey soracaktım.

Hem kocamızı peşrev çekiyoruz hem de performans mı beğendiremiyoruz, ne oluyor yahu? Ne günlere kaldık?

– Sor peki, pardon, dedi. Ne soracaktın?

Soracağım sorunun cevabı benim için önemli idi.

– Biz küsüştükten sonra mı oldu, önce mi oldu?
– Siz küsüştünüz mü ki? Aa hangi ara? Dur bir düşüneyim. İlk seferde...

Telefonu kapattım. Fazlasını duymama lüzum yoktu. Hiçbir şeyin önemi kalmamıştı. Demek ki kocacığım fasılalı olarak sade metresine değil benim en mühim bir arkadaşıma da gidip geliyor, fakat bir de garibim onca gidip gelmeye kendini beğendiremiyor idi. Allah artık bilmiyorum yani onun kaç türlü belasını versin. Mümbit herif! Şimendifer! Mebus! Ona bütün bu sözleri haykırmak, hiç olmadı mesaj olarak yazıp, yollamak istiyordum. Fakat yapamadım. Bekledim durdum. Masamda oturup bekledim durdum. Sanki bir şeyler değişecekti. Sanki bir mucize olmasını bekliyordum. Ama bir şey olmuyordu. Çalan telefonla irkildim.

– Efendim?
– Kampüste yalnız mıyız?
– Yok çocuğum. Binlerce öğrenci olması lazım. Nereye gittin sen?
– ...
– Peki. Eve gidince çaldır.

Ah, çocuğum. Ah, yavrum, kıyamam. Sabi bunlar be. Garibimin sorduğu soruya bak. İnşallah kaybolmadan etmeden, evinin de kampüsün de yolunu bulur evladım. Biçare bunlar yahu. Öğrenci dediğin nedir ki zaten? Yazık. Ama ne tatlı. Bir yandan da ne tatlı bir şey. Kıt kanaat geçinen bir grup insancık, büyük odalarda oturmuş kulaklarını açmış dinliyorlar, bilgi öğreniyorlar. Sınavları oluyor, becerilerini gösteriyorlar.

Misal, dersi ne kadar anlamışlar, onu anlatacaklar bize. Ne insani, ne naif bir çaba. Öğrencinin bu gayretinde insanın içini cızlatan bir şeyler var. Çok tatlı. İnsan bunlara kıyamaz be!

Galiba talebelerle ilgili bir makale baş vermeye başlamıştı. Kaptırıp gittim... Siz de dinleyin!

Kimi zaman kampüste dolaşır bunlar. Bazıları tek tek dolaşır, bazıları grup halinde dolaşır. Grup halinde dolaşanlar arasında komiklikler, şakalar... Oh ne güzel. Onlara baktıkça yaşamak arzusu duyar insan. Hem içi cızlar hem yaşamak arzusu duyar. Gençlik çok kıymetli. En güzel zamanlar.

Duygu ve düşüncelerimi derhal yazıya geçirmeye başladım:

Gençlik, heyecan ve bilgi almak. Bunlar kampüs hayatının olmazsa olmazlarıdır. E, zaten öğrencilik nedir? Yemek, içmek, öğrenmek. Gençler, yiyor, içiyor, öğreniyor. Tabi o da, bütçelerinin, akıllarının yettiğince. Öğrencinin harçlığı olur çünkü. Çok şirin. Derslerini de derslerine güzelce çalışabildikleri oranda öğrenirler. Çünkü bunların bazen de sorunları olur, derslerine konsantre olmazlar. Yazık. O da çok şirin. Kimisi aşıktır. Çoğu sevgilisi olsun ister. Ama birçoğunun olmaz. Ah, keşke hepsinin olsa. Olsa da sevgilileriyle birlikte harçlıklarını birleştirip yemek alsalar, yeseler, sosyal faaliyetlerde bulunsalar. O yaşta bundan daha büyük saadet olabilir mi?

Nasıl güzel soru sormuşum ama değil mi? Mühim duygu ve düşüncelerimi işte aynen böyle yazıya geçiririm ben:

Müzik, birçoğunun hayatında önemli bir yer kaplar. Dinlerler, birbirlerine dinletirler. O da çok şeker bir şey. Birbirlerine kulaklık uzatır, CD verir, sosyal paylaşım sitelerinde sevdikleri grupları, şarkıları paylaşırlar. Kendilerince tabi. Kimileri müzikle yeni tanışmıştır, kimilerinin liseden ortaokuldan kulak dolgunluğu vardır. Ha, yanlış anlaşılmasın. Aralarında müziği yapanlar da olur. Onlar da ne yapsınlar işte. Özendikleri grupların şarkılarına benzer şarkılar yazar, söylerler. Grup isimleri de öyle olur zaten. Beğendikleri grupların isimleri gibi isimler koyarlar kendilerine. Çok sevimli! Bazıları da cover eder. Yani şarkının üstünü örtüp, örtbas ederler. O da iyi niyetli bir gayrettir. Kimileri bu müziklerini, farklı farklı mekânlarda icra ederek, harçlıklarını arttırırlar. İşte o evlatları, ebeveynler bağırlarına basar.

Zihnimdeki berraklığı belki de bu kıymetli tespitlerime borçluyum:

Oh! Öğrencilik ne güzel şey! Bir de bunların arta kalan zamanları olur. Derslerden arta kalan zamanlardır bunlar. Derslerinden arta kalan zamanlarda başka faaliyetlere girişirler. Sırf bu zamanlar aman arta kalmasın diye bir sürü kulüpleri vardır. Bu kulüplere kaydolup, çevre edinmek isterler. Kendilerine bir ekmek çıkar mı buradan diye heveslenirler. Garibim. Keşke çıksa... Tiyatro kulüpleri olur, dans kulüpleri olur, fotoğrafçılık kulüpleri olur. Hep işte bu kulüplerde kalır gençlerin hevesleri kursaklarında... Ama olsun. Kendilerince bir faaliyet geliştirip, tatlı tatlı sanat yapmış olurlar. Zaten hayatları boyunca yapıp yapacakları sanat da budur. O küçük, afacan sanatın kıymeti bilinsin!

Zihnimdeki muğlaklığı neye borçlu olduğumu ise zaten siz çoktan öğrendiniz. Evet, neyse dediğim gibi. Devam ediyorum:

Son olarak bir de öğrenci evlerine girmek istiyorum. Ama takdir edersiniz ki, orada pek fazla kalmak istemiyorum. Hem hijyenik kaygılardan ötürü. Hem de çünkü o öğrencinin mahremi. Yalnız uğramışken, bir miktar erzak bırakmak isterim. Ne kadar olsa, bu da insanın boynunun borcu. Sizinle ilgili istatistikler çok acıklı çünkü. Ekmek arası ekmek ne yahu? Sahi bunları da yiyor musunuz? Çok fena. Ben her biriniz için şimdi bir ramazan sepeti hazırlattım, kapınızın önüne bırakıyorum. Bunu alın olur mu? Sucuk, pastırma ve mısır gevreği var içinde. Bunları güzelce yiyin. Haydi afiyet olsun. Bira kutularını da toparlayın artık. Bira kutusuyla enstalasyon yapmak diye bir şey yok aslında. Sizi kim yediyse fena yemiş. Bak hakikaten yok öyle bir şey. Kaldırın bunları buradan. Haydi bakayım çocuklar kolay gelsin.

Makalemi bitirdiğimde gençlikle kucaklaşmış, onların dertleri ve sıkıntıları ile haşır neşir olayım derken kendi üzüntü ve hayal kırıklıklarımdan arınmış idim. Belki de bu, tam o anda ihtiyaç duyduğum şeydi. Penceremden dışarıya baktım. Güneş vuruyor, ne güzel şey! Ah, yoksa ben de toparlanacak mıyım? Aklımı başıma devşirecek miyim? Muhsin'in benden alıp götürdüklerini hayattan geri alabilecek miyim? Ayrılığa dayanabilecek miyim? Ah, belki. Ah, hadi inşallah… Sade biraz güçlü olsam. Sade biraz kendimi işime konsantre edebilsem. Sade biraz onun o dünyalar güzeli gülüşünü, eşsiz kahkahasını kafamdan atabilsem derken bir mesaj sesi duydum. Hemen açtım.

"İstanbul kıyafetlerini kalınlarından seç. Bugün bulutlu, lodos geliyor, üşütüyor. 7 derece. Akşam ya da gece ise sağanak var. Havayı koklayan adam. Eksik mesaj"

Hay, şu cep telefonuma gelen hava durumu raporuna onay verdiğim güne lanet olsun! Patla emi, havayı koklayan adam, patla! Zaten sen gözümde sapık, pardösülü, teşhirci gibi bir herifsin. Ne vakit burnunu havaya dikeceksin, ne vakit önünü açacaksın belli değil. Git be! Ay adam git!

Gitmediği gibi bir mesaj daha geldi. Belki bu sefer Muhsin'dendir diye tabi gene dalıp çabucak açtım. Halbuki bu da havayı koklayan adamdan, aynı deminki mesajın devamı. Az önce de hızla açtığım için mesajın yarısı gelebilmişti ya zaten. İşte bu da kalan yarısı. O da reklam. Rezzan Kiraz'dan burç yorumu almak için aramam gereken numarayı veriyor bana havayı koklayan adam. Sapık! Freak! Bana akıl vereceğine sen önce pardösünün önünü kapa! Weirdo!

Of yahu! Elin hayali karakteriyle ne uğraşıyorum? Cep telefonu operatörünün bana sağladığı servisle mi benim alıp veremediğim? Hayır, siz benim derdimi çok iyi biliyorsunuz. Ah, Muhsin. Ah, bebeğim. Ah, çatalkaram, çöreğim... Demek beni Nefiye ile de aldattın, öyle mi? Ne fenaymışsın. Zalimmişsin be Muhsin! Sen zalimmişsin. Yıprandım. Epridim. Bittim. Evet dağ gibi, taş gibi Gülfim düşündükçe epriyor dostlar, epriyor! Epritmeyin! Ah, beni epritenler utansın. Muhsin, sen! Sen eprittin sen utan!

Muhsiin! Muhsin! Ah, Muhsiin...

Görüyorsunuz değil mi? Gene ona sesimi duyuramıyorum. Ah, insanın sevdiğine sesini duyuramaması ne fena. Ne bahtsız, ne tatsız bir hal. Aah, ah! Oof, of! Hıfıdı, hıfıdı! Pluk! Ta- ta- ta- ta... Hımm. Peki Muhsin. Demek sen bana bu fenalıkları yaptın, ben şimdi senin yediğin nanelerin izini sürmezsem! İzleyin ve görün. Arıyorum. Şimdi de Sergül'ü arıyorum.

– Sergül.
– Ehehe, naber Gülfim?
– İyiyim, kuzum. Dinle, sen de Muhsin'le yattın mı?
– Ee...

Anlaşıldı. Burada da vaziyet kendini belli etti. Dedim ki:

– Tamam, tek bir şey soracağım!
– İyiydi yani ne bileyim, fena değildi. Amaan, ben anlamıyorum canım zaten bunların birbirinden farkını.

Vallahi, elimdeki telefonu kıracaktım.

– Of, sus kadın, sus! Onu mu soruyorum ben sana?
– E, ne soracaksın? Terfiyi mi soracaksın? Terfisinden önce ama gene mevkisi yüksek idi.
– Muhsin'in mevkisiyle ne alakası var bunun? dedim.
– Onu sordun sandım.

Ah, Sergül. Ah, Sergül sen nasıl bir katıksız andavalsın. Ah, ne işlenmemiş angutsun sen Sergül. Ah, benim alık kocam seni de mi altına aldı, sen mi onun üstüne çıktın Sergül! Ah Sergül, ah!

– Yani genelde o üstte idi. Ay, üstünden de zaman geçti, şimdi tam hatırlayamıyorum.

Kahretmesin, bu cadı benim içimden geçeni mi okuyor, duyuyor yoksa? Yoksa! Cadı mı bu?

– Onu mu sordum ben sana be, cadı? Ne anlatıyorsun sen bana?

Masada elime aldığım bir kalemi sinirle kapıya doğru fırlattım.

– Ay, ne bileyim, tahmin etmeye çalışıyorum, işte. Sen de ne soracaksan, sor canım! Ne düştü orada?

Onu ne ilgilendiriyor acaba ne düştüğü. Birkaç kalem daha fırlattım. Ne de olsa onları oradan toplayıp alacak olan da bendim. Ben ona hesap verecek değildim, o kaltak bana hesap verecek idi.

– Seni ilgilendirmez, neyin düştüğü, dedim. Söyle! Biz küsüştükten önce mi sonra mı?

Katıla katıla gülmeye başladı.

– Ahaha, ahaha, ahahah ömürsün Gülfim! Küsüşmek neymiş? Küsüşmek mi? Ahaha, ay ilahi!

Cadaloz! Ben bundan gelecek faydayı tepeyim. Çaat diye telefonu suratına kapattım! Olmaz olsun bundan gelecek bir dirhem bilgi. Patlasın! Zaten ben öğreneceğimi öğrenmişim. Acı da olsa gerçeği öğrenmişim. Muhsin'imin ne kadar midesiz olduğu gerçeğini ben en bir güzel şekilde öğrenmişim. Bakınız! Bu Nefiye benim en yakın arkadaşımdır. Bu Sergül ise benim en uzak arkadaşımdır. Ben şimdi ne yapmış oldum? Kendime en yakın ve en uzak iki arkadaşımın koordinatlarını aldım, onları ay evresine göre ters trigonometrik parametrede birleştirdim. Bir patern yakaladım gibi. Sonra bu paterni aldım tek duyarlı gerçel sayıya hazır fonksiyon olarak çevirdim. Oradan da başka bir paten çıktı. Çok enteresan! Bu paterni aldım, hiperbolik kodu da dahil p noktasındaki dönüşümüyle beraber ikisini de koordinat sistemine yerleştirmeyeyim mi? Bir de ne göreyim. Şaşılacak şey! Şöyle bir şey çıktı güzel yavrum: x+y tan cos(3my– xy)= ∫ f(x) dx + ∫ g(x) dx%ü(sin) Tepe tepe kullanın. Neticeyi bana bildirin. İlk kez denenecek. Gözlerinizden öperim. Sevgiler.

Yapmayın sakın öyle bir şey, ha! Size takılıyorum. Heh heh heh. Yanarsınız! Ben yandım aman siz de yanmayın. Aman çok fena! Kendi yağımda kavrulmaya çalışırken, bildiğin yanmışım. Kim bıraktı beni buraya böyle tek başıma, yahu? Yandıım! Neyse, gördüğünüz üzere ben çok uzun süre hiçbir şey anlamamışım. Sade bir adet değirmen götü kendime düşman bilmişim. Fakat benim asıl düşmanlarım hemen başucumdalarmış. Kimbilir daha kimler neler var idi? Kimler neler? Ama açıkçası kocamın girip çıktığı diğer sokakların, ücra köşelerin, viranelerin, köhne çukurların da koordinatlarını alacak, onları bir takım eksenlere yerleştirecek, neticeler çıkaracak ne midem ne de takatim kalmıştı. Dedim patlasınlar! Benim arkadaşlarımın bile o güzergâhta olduğunu öğrendim ya. Bana yetti. Daha da araştırmayacağım! Kalemlikteki son kalemleri de kapıya doğru fırlattım.

– Ne oluyor?

Kapının açılmasıyla böyle bir ses duydum. Öğrenci gelip sandalyeye otururken ben de kapının önünden kalemleri toplamaya koyuldum.

– Okuduğum bölümden hiç memnun değilim. Vantrilok olmak istiyorum. Buna gönül verdim. Artık çok mu geç?

Döndüm, baktım.

– Yavrum, ağzın oynamıyoor…
– İşte onu diyorum.
– Aa…

Kalemleri tekrar kalemliğe koydum.

– Of.. Ne yapmalıyım peki?
– Bir daha yap bakayım. Ay, ne kadar entresaan…

Bir daha yaptı. Yani böyle karnından konuşmaya devam etti. Ben kendim denedim birkaç defa, fakat beceremedim. Yine de o esnada eğlendim. Sonra evladıma eğriyi doğruyu bir şema halinde gösterip kendisini gönderdim. Hâlâ şemalar çizip nasihatler verebiliyor ve arada sırada gülüp eğlenebiliyorsam demek ki iyi idim. Demek ki toparlıyordum. Demek ki Muhsin'in taze bahar gülüşünü aklımdan siliyordum. Eyvah, gene aklıma düştü. Hay damn it! İşimi gücümü bırakıp, başımı alıp gitmek istedim. Fakat nerelere giderim, ne yaparım? Ah, ben daha emekli bile değilim ki. Sıfatım taze olduğu için bir türlü emekli olamıyorum. Onları ne kemik yaşıma ne de ruhumun eskidiğine inandırabiliyorum. Çalıştıkça çalışıyorum. Halbuki hayatı asıl tekaütler yaşıyor. Peki tekaütler neden aşka doymaz, onu da söyleyeyim mi? Haydi o da bana kalsın. Ortalık yerde sallanan avize dam dibine düşer de ondan. Haydi artık, daha da söyletmeyin. Lüfere limon sıkılmaz, badem bağda büzülmez! Haydi ayağa kalkın. Tamam, şimdi serbest hareketler. Bravo çocuklar.

Derken biri daha içeri girdi.

– Duruşumdan taviz vermeden finallere hazırlanmam mümkün mü?

Ben de ona sordum:

– Duruşun ne çocuğum senin?
– Aşağı yukarı böyle bir şe... Allaah.
– Hiçbir yerini oynatma çocuğum. Reviri arıyorum.

Neyse revirden gelip çocuğu alıp, götürdüler. Ben tekrar kalemleri fırlatırken genç bir kız hışımla içeri girdi.

– Emre'ye söyler misiniz o kız onu aldatıyor. Bana geri dönsün artık. Onu çok seviyorum.

Kızcağıza acıklı bir ifade ile gözlerimi kırpıştırarak baktım.

– Biliyor Özgecim, biliyor canım. Gene de nişanlanacaklarmış küçüğüm. Gene de onlar nişanlanacaklarmış nar tanem. Yavrucuğum, gene de nişanlanacaklarmış. Boş ver.

Ağlaya ağlaya çıktı gitti. Kalemleri aldım, tekrar kalemliğe yerleştirdim. Sonra bir delikanlı geldi.

– Boşluk duyguları içindeyim. İhtiyaç duyduğumda kendisine dayanabileceğim hiç kimsem olmadı. I– Phone 5 için bir miktar borç verebilir misiniz?

Kızaklı cetvelimi elime aldım, çaat diye masaya patlattım.

– Ayyh!

O da ağlaya ağlaya çıktı gitti. Galiba bugün pek formumda değildim. Tekrar kalemleri fırlattım, tekrar topladım. Sonra başka bir genç, takım taklavatlarıyla içeri girdi. Yerleşti.

– Ben yaptığım müziği hard surpreme Jazz olarak tarif ediyorum. Eniştemler progessive acem Hicaz olarak yorumluyor. Arkadaşlarım kült mahur Blues sentezi diyor. Sizce hangisi?

– Of…

– Hangisi Gülfim Abla? Biraz daha çalayım mı? Bakın burada Rast Solo'su giriyorum.

– Evladım, götür bu düdüklü tencereleri buradan. Rica ederim. Kafam şişti.

– Peki.

Toparlandı gitti kulak zarı düşmanı. O gittikten sonra da ben ağladım. Maruz kaldığım müzikal muamele son günlerde yaşadıklarımdan bile ağırdı. Sinirlerim iyicene oynadı. Bugün geçmek bilmiyordu. Sözde insanlara yardımcı oluyor ama aslında ben bugün sadece kendimi oyalıyordum. Kalemleri tekrar kapıya fırlattım. Belli ki hususi bir şekilde kendi imkânlarımla dart oynamaya çalışıyordum. Ben aslında kendi derdimden dart oynuyordum. Birileri de gelip bana dert anlatıyordu. Halbuki onlar da kendi imkânlarıyla dart oynasalar o vakit belki gelip bana dert yanmayacaklardı. Dertsiz başına dart mı almıştım yani ben ne yapıyordum?

Pekala. Düşünelim! Şimdi kafa kafaya verelim beraber, düşünelim. Ben bu fırlattığım kalemlerle birilerinin gözünü oymadan hıncımı nasıl alabilirim? Bu meseleyi çözelim. Öfkem tehlikeli boyutlara varmadan bu durumdan nasıl kurtulabilirim? Bir vakitler twitter kardeşim wade@wadeinyeri'nde dendiği gibi, "öfke cebe sığmaz." Hakikaten de sığmıyor. Birbiriyle tokuştukça çoğalan sihirli bilyeler gibi sürekli cebimden taşıyor. Bunalıyorum. Çok fena şeyler düşünüyorum ve bu düşündüğüm intikam planları yüzünden kendimden utanıyorum.

Neler düşünüyorum, Muhsin'e ne sinsilikler planlıyorum biliyor musunuz? Bir defa aklımda ilk olarak DVD'lerin içlerini değiştirmek var. Nasıl ama? Bakıyorum, bazılarınızın ağzı açık kaldı. Kapatın, kapatın üşürsünüz. Daha bitmedi! Uzak akrabaları aratıp, hal hatır sordurmak. Buna ne demeli? Vahşice, değil mi? Zaten beni yakından tanıyanlar bendeki bu acımasızlığı gayet iyi bilirler. Daha bitmedi... Ona üç gün boyunca günde 1 saat 16 dakika Flashtv seyrettirmek. Nasıl? Sizin de içinizin yağları şimdiden eridi galiba. Peki bir de şunu dinleyin o zaman: Banyodaki havlusunu sanki askıdan kayıp düşmüş gibi yere atmak. Gerçi ben dokunmasam da o ekseriya oradan kayıp düşer. Fakat, ben burada tesadüfi bir tatsızlıktan değil, kasti kaydırmadan söz ediyorum. İşte ben kendi ellerimle onun banyodaki havlusunu askılıktan kaydıracağım ve o banyoya girdiğinde, duş alıp çıktığında havluluğa uzandığında, işte onu orada hüsran, işte onu boşluk ve hicran yarası bekliyor olacak.

Çünkü o havlu orada olmayacak. Çünkü o havlu, ayaklar altına alınmış olacak. Tıpkı bu çerçeve gibi. Tıpkı bu boş çerçeve gibi. Hiç kimseyi sevmeyeciğim bundan sonra. Hiç! Hiç kimseye inanmayıcığım. Bundan sonra hayatım bomboş geçecek! Kalbim bomboş olacak! Tıpkı bu çerçeve gibi... Tıpkı bu boş çerveve gibi. Ağıyyy... Hıfıdı, hıfıdı. Ta- ta- ta- ta... Herkes bana deli diyee, gülüp geçiyoor. Senin aşkın beni kara gözlüüm deli ediyoor. Pluk! Son defaa seyredeyiim. O yaşlı göözlerinii. Artık bülbüül ötmüyoor, gül dolu pencerede. Yalnız hatıran kaldı aah, boş kalan çerçevedee.

Kafayı masaya bıraktım böğüre böğüre ağlamaya başladım. İşte halim perişan. Artık sizden de bir şey saklayacak halde değilim. Şeytanın aklına gelmeyecek kötülükler düşünür iken ben, bir süre sonra (yaşı yetenler anlamışlardır) acılı eski türk filmi repliklerine sonra da yürek dağlayan o şarkı sözlerine gömüldüm. Contaları yakmadan hemen önce benden de bazı cihazlar gibi klik- klik- ta- ta- ta gibi ikaz uyarıları geldiği olur. Fakat bazen de gelmez. Gafil avlanan olduysa kusura bakmasın! Veyahut ne hali varsa görsün! Çok da fifi!

Istırabıma eşlik etmek isteyenler ise bir köşede sessizce oturup beklesinler. Zira daha yeni başlıyoruz. Daha çok acılar çekeceğiz birlikte. Ağıyyy... Hazır ofise gelen giden yokken, masadaki ıvır zıvırı da o hışımla fırlatıp attım. Zaten onları da tekrar toplayacak olan benim. Boş masada ağladım. Ah Muhsin, boş masada ağlıyorum. Buradan sana bağırıyorum. Kimse sen dahil beni duymuyor. Sana ciddi bir biçimde teessüf ediyorum! Canım fena halde sigara çekti. Sonra sigarayı bıraktığımı hatırladım. O anda bu, çok büyük bir yıkım oldu benim için. Kafayı kaldırdım, yardım bekler gibi boş boş etrafa baktım. Sonra gözlüğümle beraber tekrar masaya gömüldüm.

Sigarayı bıraktıktan sonra içki de bana çok manasız, yavan gelmeye başlamıştı. Onu da bırakmıştım. Sonra bir vakit ayrana başlamıştım. Fakat aranızda ayranı şişe şişe dikenler varsa onun nasıl bir kafa sevici baş ağrısı yaptığını iyi bilirler. Ben de bir süre ayranları şişe şişe diktim, o ağrıyı da çektim. Ama sonra niyetimin migren geliştirmek değil aslında biraz rahatlamak olduğunu hatırlayıp onu da bıraktım. Yani ben son duruma göre ne sigara ne alkol ne ayran kullanıyordum. Fark ettim ki benim yaşadığım hayat da hayat değilmiş be! Ben delirmeyecektim de kim delirecekti? Hele bu son yaşadıklarımdan ve duyduklarımdan sonra. Kendi tazyikiyle tenceresinin kapağını fırlatan patlamış mısırlar gibi ben de ıstırap, güç ve öfke topluyordum. Patlayacaktım.

Fakat benim öfkemden ne olacaktı? En hunharca planlarımı az önce duydunuz. İşte benim Muhsin'e en fazla edeceğim kötülüklere kulak misafiri oldunuz. Hepsini toplasam ve tüm bu kötülükleri ona aynı anda uygulasam onun bana verdiği acının onda birini bile ona yaşatmış olur muydum ki? Nerede? Kıyamıyorum ki ona. Eğer ona gerçekten kıyabilseydim, ben onu Serra Yılmaz ve Islak Köpek ikilisi ile, bu benzersiz deneyim ile terbiye etmesini de gayet iyi bilirdim. Ama işte ben öyle bir kadınım ki, bunu ona yapmadım. Yapamam da. İçim acır çünkü. Kıyamam.

Ben onun banyodaki havlusunu yere düşürmeye de kıyamam aslında. DVD'lerini de asla karıştırmam. Ah, bebeğim, ah erkeğim. Eve gelecek misin ki sen bir daha benim yanıma? Gelecek misin ki havlun düşecek de sen onu göreceksin…

Nerede? Ah, nerede? Gelsen de o aynı Gülfim'i bulacak mısın orada? Orada. Ah, orada. Şimdi gelsen anlaşsak mı, bir köşede? Ah, köşede. Köşede. Pluk! Hıfıdı, hıfıdı. Tıı- tıı- tıı... Nırını- nı, nırını- nı, nırını- nı, nı...

Ha? Ne oluyor? Uyarı ikazı ve telefonun sesiyle uyandım. İçim geçmiş. Demek ki o acı ile ve bütün gece yatakta dönüp durmanın verdiği sersemlikle masamda uyuyakalmışım. Gözlüğümü düzeltip telefonu sakince açtım. Arayan Muhsin değildi çünkü. Siz de boş yere heyecanlanmayın. Ben de heyecanlanmayayım. Hevesimiz kursağımızda kalmasın boşuna. Öyle duralım. Heyecansız, tatsız, mantıksız, sigarasız, içkisiz, ayransız, İlhan Mansız... Sahi ona ne oldu ya? İlhan İrem'e gösterilen ilgiyi İlhan Mansız da hak etmiyor mu bunu bir düşünelim. Bu ünlü İlhan'lara bir süre sonra ne oluyor? Neden ortadan kayboluyorlar, nereye gidiyorlar, ne yiyor ne içiyorlar? Derhal araştıralım!

– Efendim?
– Kiminle konuşuyorsun sen gene Gülfim? Kendi kendine mi? Alo? Alo... Gülfim?

Bu arayan meslektaşım Pervin idi.

– Arısız çerçevede şerbet bitmez! dedim Pervin, uzatma. Ne söyleyeceksen söyle!

Bu Pervin telefonda saatlerce konuşup gülüşmeye bayılır. 5 saniyede 15 farklı kişi ve beldeye ait dedikoduyu hiç nefes almadan anlatır. Zaten bana kocamın ilk metres vukuatını gammazlayan da odur. Hayır, ona Muhsin olayını sormayacaktım, başka neler biliyorsun, ben bugün ne acı gerçekler öğrendim demeyecektim, ona sizlerden de bahsetmeyecektim. Çünkü içimden hiçbir şey yapmak gelmiyordu.

– Aman gene aksisin, Gülfim! Akşama geliyorsun ama değil mi? Onun için aradım.
– İçimden hiçbir şey gelmiyor.
– Olsun, sen gene de gel! Çok eğleneceğiz!
– İçimden hiçbir şey gelmiyor.
– Dedin ya bunu az önce?
– İşte, deminden beri hiçbir şey değişmedi.
– Ah, Gülfim…

Acaba bana şu an şefkat gösteren bu arkadaşım da Muhsin'imle oynaşmış mıydı? İster istemez düşündüm. Fakat bilmek istemedim. Ancak bu düşünce ile boynumu büktüm.

– Hiçbir şey istemiyorum. Ne vardı ki bugün? Onu bile bilmiyorum.
– Aşk olsun Gülfim, sana davetiye gelmedi mi? Bir hafta önce gönderdiler. Böyle parti her zaman olmaz. Herkes orada olacak. Mutlaka gel, bak gücenirim.

Daha ne kaybedecektim ki? Kaybedecek neyim kalmıştı?

– Ben bugün hiçbir şey yememişim biliyor musun Pervin, şimdi fark ettim.
– İyi ya işte, şimdi bir şeyler atıştır. Akşam da orada bir güzel yeriz. Kimbilir ne ordörvler olur, şeyler olur. Kaz gelecek yerden tavuk gitti mi Gülfimcim? Haydi gel.

İster istemez kıkırdadım. Belli ki Pervin beni güldürmek için böyle konuşuyor ama beceremiyordu.

– Kız gelecek yerden erkek tavuk güdülmez, deseydin olurdu, mesela dedim. Bu hiç olmadı ki böyle.

Pervin tatlılıkla güldü.

– İyi işte, sen gelince doğrusunu söyler, bizi de güldürürsün. Hiçbir yere geldiğin yok. Buraya gel. Muhakkak bekliyoruz.

Bir iç geçirdim. Duygulandım. Çaktırmadan burnumu çektim.

– Olur, o zaman geleyim.

Telefonu kapattım. Etrafıma baktım. Her şeyi dağıtmış fırlatmıştım. Masam bomboştu. İşte ben de böyle dağılmış, karışmış ve aynı zamanda bomboştum. Ofisim bana ayna olmuştu. Ofisimle özdeşleştim. Peki eğer ofisimi toplar, bir çeki düzen verirsem, kendimi de toplamam ve bir çeki düzen vermem mümkün olacak mıydı? Denemeye değer. Zaten başka yapacak ne işim vardı ki? Eğildim ve teker teker dağıttığım dosyaları, kâğıtları, kalemleri, defterleri ve diğer bütün zımbırtıları toplamaya başladım.

Duygusal bir yığın çer çöp. Birileri bana derdini tasasını anlatmış, ben onları kağıtlara yazmışım, onlarla ilgili bir takım şemalar, açılımlar, bir formülasyonlar, koordinatlar, bir şeyler çıkarmışım. Ama neyi, kimin için hazırlamışım onlar hep karışmış. Olsun zaten benim işim neticede sezgisel bir iş. Ben başarılarımı biraz da buna borçluyum. Sezgilerime, yaratıcılığıma ve insan sarraflığıma. Ben nasıl bir insan sarrafıyım ki kaç yıllık kocamı aradan geçen kaç yıldan sonra tanımışım. Oof, of! Ya şekerim çıkıyor şu an ya şekerim düşüyor. Ya tansiyonum çıkıyor, ya tansiyonum düşüyor. Ya kalbim durdu ya da çok hızlı atıyor. Bana ne olduğunu anlayamıyorum ama iyi bir şey olmadığını da seziyorum. Kafayı tok diye masaya dayadım ve yere oturdum. Yani ben resmen yerlerde sürünüyordum. Bu adam beni süründürüyordu. Her türlü yani. Hem mecazi anlamda hem de maddi anlamda. Bir ses... Nırını- nırını- nı, nırını- nı- nı...

Oturduğum yerden masaya uzanıp, telefonu elime alır almaz açtım. Yabancı numara. Bir iş teklifi ya da Muhsin'in sesimi başka bir numaradan arayarak duyma gayreti olabilir bu diye hemen açtım.

– Gülfim Abla, kampüste hep otopark sorunu yaşıyorum. Kaçta derse gelirsem geleyim hep otopark dolu. Ne yapayım? Nerelere gideyim?

Ne yalan söyleyeyim, gene hayal kırıklığı!

– Su deposunun oraya baktın mı? Su deposunun orada illaki bulursun. Olmadı, kantinin arkasına bak, canım. Sevkiyat yapılmıyorsa oraya bir yere bırak en iyisi.

Bu kişinin kim olduğu hakkında hiçbir fikrim yok. Ama zaten bunun bir önemi de yok. Numaram her yerde dolaşıyor. Garibana cevap verdim. Onu zor durumdan kurtardım. Aracına ferahlık, sinirlerine rahatlık, ruhuna aydınlık getirdim. Bu yaptığım iyiliklerin karşılığı bana ne zaman geri dönecekti peki? Kemik yaşımın daha ne kadar ilerlemesi gerekiyordu benim o güzel günleri görmem için? Daha kaç ihanet yaşanacak, TJK daha kaç 3lü 5lü ganyan sonucu açıklayacak, Demet Akalın kaç şarkı daha yapacaktı? Münir Özkul kaç defa daha ölümlerden dönecek ve seni beni gömecekti? Teoman müziği bir defa daha bırakıp, tekrar başlayacak mı idi? Kaç set aşkı daha gerçeğe dönüşecekti? Ünlü film yıldızının yanındaki esrarengiz sarışın kim? Aydemir Akbaş'ın soket çorap takıntısı nereden geliyor? Özay Gönlüm en çok hangi türküyü gönülden söyledi? Metin Milli'nin evindeki küçük Belçikalı misafire ne demeli? Safiye Ayla'nın midillisi şu an kaç yaşında?

Hep bütün bu soruların cevabını aradım. Neden bilmiyorum. Sanırım etraftaki dağınık atmosfer zihnimi de kuşatmıştı. Fakat derken o karışıklığın arasında bu akşamki organizasyon davetiyesini bulmayı başardım.

"Kendini Gerçekleştirme Partisi. '90'lar eşliğinde coşuyoruz. Hepimiz oradayız!"

Bunların, bu hepimiz dedikleri kimler biliyor musunuz? Yaşam koçları, Reikiciler, Astrologlar, Tarotcular, Twitter Fenomenleri ve bunun gibi ne iş yaptığı belli olmayan bir dolu kuru kalabalık. Beni de aralarında görmekten mutluluk duyacaklarını belirtmişler. Ben şimdi iç görü sahibi bir insan olarak bu çağrıyı iltifat mı kabul etsem, Twitter Fenomeni de neymiş, topuk dikeni, down sendromu gibi bir şey mi bu, ay aman ezkaza tutulmayalım diye önlem mi alsam, doğru dürüst bir iş bulun lan önce siz kendinize, yaşam koçu neymiş, adam gibi sigortalı bir işe girip çalışın da eliniz az ekmek tutsun diye mi çıkışsam? Yoksa neticede bunlar da bir arayış, belki bana da faydası olur, diye neyse halim, çıksın falim, diyerek son çare o astrologlara elimi mi uzatsam bilemedim. Ancak o kadar çaresizdim ki, öyle ya da böyle ben bu çapulcu partisine gidecektim.

Bu organizasyon sanki tek başına yeterince kötü değilmiş gibi bir de üzerine 90'lar çalacaklardı. Galiba asıl amaç iyice herkesi birbirinden tiksindirmekti. Gerek müziğiyle, gerek kitlesiyle olsun bandıra bandıra yiyeceğimiz bir kepazelik. Evet, hep birlikte Yonca Evcimik şarkıları dinleyecek, a- acayipsin eşliğinde birbirimize öpücük atacaktık. Gemileri ve balataları aynı anda yakmış olmalıydık. Peki benim orada ne işim vardı? Sanki ben bilmiyor muydum, kadın ve bal aynı kolonide zeybek oynamaz! Tabi ki biliyordum ama yalnız ve aldatılmıştım. Zaten beni ancak bu surette aralarına katabileceklerini muhtemelen onlar da biliyorlardı. Hiç Gülfim Ablanın vakarına yaraşır mı yoksa böyle ucuz partiler?

En son katıldığım partiyi hatırlamaya çalıştım. En son hatırladığım parti, böyle müzik tantana falan... Ay, galiba eski bestekârlarımızdan Miruh Efendi'nin Büyük Konak'ta verdiği bir *garden party* idi. O vakitler ben tazeciktim. Gerçi hâlâ sıfatım taze, bunu hepiniz en güzel şekilde öğrendiniz. Ancak o vakitler başka idi. Muhsin'i daha henüz ne görmüş ne duymuş idim. Endişe, telaş ve karşındaki insan sana yalan söylüyor mu söylemiyor mu diye anlamaya çalışırken iki kaş arasına yerleşen çizgi daha benim güzel yüzüme yerleşmemişti. Sade diri idim ve nefes kesici idim. Dilimizi en güzel bir şekilde kullanıyordum. Deyimler, tamlamalar falan daha birbirine karışmamış, beynim daha eprimemiş, merkezi sinir sistemim affedersiniz götü başı daha dağıtmamıştı. Sağlıklı, zinde ve leziz idim. Etrafımdakilere meramımı da bir güzel anlatabiliyordum. Sonra... İşte sonra hayatıma Muhsin girdi ve ben ondan sonra başka kimseye meram anlatmak dahi istemedim. Sade onun olmak ve sade onunla olmak düşüncesi bana yetiyor, cemiyet hayatında fink atmak içimden dahi gelmiyordu.

En fazla mülkiyeden arkadaşlarla evde playstation oynuyor ya da kız akşam okulu mezunu kızlarla keşkek günlerine katılıyordum. Yani sevdiğim erkek, bir tek keşkeğime ve *Killzone 2* ile *Uncharted: Drakes Fortune'* uma karışmıyordu. Çünkü eve getirdiğim keşkeği o da yiyor, konsolunu sevdiğimin o gizemli, gönülçelen, vahşi dünyasında o da hayat buluyor idi. Zaten mülkiyeden arkadaşlar da onun arkadaşları idi. Yani o beyefendiler zaten evimizde toplanmış oluyorlardı. Ben onlara uyuyor, bir konsol da ben kapıveriyordum. Ah, o aşkın en lezzetli yudumlarını kana kana içtiğimiz, dostluklarla, birbirimizin muhabbetiyle, sadakatle ve sevgiyle bağlandığımız, seksi de el ayak çekilince, sohbetler tükenince kendi evimizde kendi imkânlarımız çerçevesinde yaptığımız vakitler. İnsan o günleri nasıl özlemez? Zaten seksin evde yapılanı güzel oluyor. Dışarıda ne koyuyorlar içine belli değil. Hep söylemiş ancak hiç dinletememişimdir.

İşte böyle. Netice itibari ile o günler maziydi. Muhsin'in yanımda olduğu ve benim de zaten onun yanımda olmasından başka saadet aramadığım günler maziydi. Madem Muhsin, o güzel gözlü, o gamsız, ar damarsız, arsız adam, yani canımıniçi hayatımdan çekip gitmiş, evi de terk etmişti, ben de o sikimsonik partiye ve daha nicelerine, hatta daha boktanlarına dahi gidecek ve ne pahasına olursa olsun orada günümü gün edecektim. Benim adım Gülfim! İşte o kadar. Herkes bir silkinsin. Haydi bakalım, içi geçip uyuyakalanlar toparlansın. Ayağa kalsın. Tümbüldek Kaplıcaları'nda değiliz. Haydi bakalım! Toparlanalım. Hep birlikte o parti için hazırlanıyoruz.

Kimse uyumasın! Elini yüzünü yıkayacaklar yıkasın, makyaj yapacaklar yapsın. Kim ne hazırlık yapacak ise yapsın. İçi geçenler de hemen dikilip ayağa kalksın. İşte o, benim o içi geçen işte! Benim içim geçmiş. Açlıktan, doğru dürüst uyku uyuyamamış olmaktan ve daha da önemlisi kahrımdan içim geçmiş. Ya da içim içime geçmiş. Ya da içim dışıma çıkmış da olabilir. Ben en iyisi bütün bunların hepsini bir düşüneyim. Şöyle bir köşeye uzanıp azıcık biraz kestirirken mi düşünsem acaba?.. Ayyyh, ne uykum var, ha! Bütün bunların üzerine bir set çeksem ve tüm bu ıstıraptan uyansam ya. Nerede? Dün denedim, başaramadım. Kalktım karşımda aşkı sonra da ihaneti gördüm. Böyle meymenetsiz bir hakikate uyanacağıma, böyle bir ıstıraba günaydın diyeceğime hiç uyumam daha iyi.

Kalktım. Masaya abanarak doğruldum. Elimi yukarı kaldırdım. İşaret parmağımı boş boş ortalığa salladım.

– Benim adım Gülfim! O partiye geleceğim! Ah, görürsün Muhsin! Sana neler edeceğim!

Beni duymayan, umursamayan, zabitine sallamayan adama boş tehditler savuruyorum. Neler edeceğimi, daha doğrusu ne halt edeceğimi gerçekten bilmiyor aslında yine Muhsin'den yardım bekliyorum. Evet, bu bir yardım çağrısı idi. Fakat yine her zamanki gibi kendim pişirip kendim yiyordum. Kendin pişir kendin ye ne be? Şaşırmayın. Yani kendim söyleyip, kendim işitiyordum. Sayfiye yerinde değiliz. Lütfen herkes toparlansın. Hâlâ uyuyanlar var bakıyorum. Hımff, şöyle bir esneyelim. Evet, evet, gidiyoruz!

#SöylememGerek içimde tutamıyorum artık! dayanamıyorum! evet, söylüyorum! istişare! oh, be rahatladım. iyi geldi. bazen böyle oluyor...

Güzeel! Şimdi hepimizin uykusu açıldı. Siz de mahmur anlarınızda, şöyle bir güzel silkinin ve Arapça kökenli bir kelimeyi bir hamlede söyleyiverin! Fal taşı gibi gözlerinizin açıldığını göreceksiniz. Egzersizlerin devamı, karşı cinse tavsiyeler, Edip Efendi'nin üç ciltlik nesir külliyatı ve ince uçlu araba şarjı için goggle'a @gulfimabla yazın, hemen aratın, % 30'a varan indirimlerden siz de faydalanın. #EeeNeDemişler şimşir kaşık, yaz gününde bükülür! Gecikmeyin! Evet, ne diyorduk?

Fiction'ı kaynatanlar, size soruyorum. Yaşlı kadının fikşınını kaynatmaya utanmıyor musunuz, lan? Berkcan sen misin la, o? Tuğberk? Yasin? Şinasi? Burcu? Kız? N'apıyorsunuz hepiniz burada böyle be? He he he... Oturun, oturun, tamam. Telaşe mahal yok. Eğleniyoruz şurada. Evet, sakin. Tamam. Devam edelim.

Cep telefonunun saatine baktım, parti davetiyesini koydum çantaya, ofisi kapadım, çıktım. Yoldan simit aldım. Dörtte birini yiyebildim. Kalanını, çantama koydum. Dün elma almış onu da içine atmıştım. Unutmuşum orada, ondan da bir ısırık alıp, geri koydum. Kaç yaşında kadınım fakat çantam ilkokul çocuğunun beslenme çantasından farksızdı. En azından sigarayı bıraktığımdan beri... Ah o içtiğim son sigara... İçtiğim o son sigara vardı ya, ibiş, onun Allah müstahakkını versin inşallah! Hâlâ aklımda iblis! Nasıl da bitti deyyus! Fena! Zalim! Turunç! İşte ben o içtiğim son sigaraya da çok kızgınım. İçtiğim son sigara bitmeseydi Muhsin beni terk edip gitmeseydi, kuş ötmeseydi, ot bitmeseydi, baklagiller geç pişmeseydi diyorum ama... Hububatın kanununun değişmeyeceğini de biliyorum. Hay, bilmez olaydım. Bir boku da bilmez olaydım.

Tasvirler, şeyler... Parti mahalline vardım. Davetiyeyi verdim, bileğime ışıklı damga neyin bastılar, girdim. Yiyecek sokulmuyormuş. Simitimi de, elmamı da aldılar. Kumanyamı aldılar! Damgalı eşek gibi içeri soktular! Neredeyse oracıkta da ağlayacaktım. Dedim Gülfim, yapma. Yüksek tavanlı, geniş, tıklım tıklım bir mekân. Eğlenmeye geldin sen buraya Gülfim dedim kendi kendime. Moralini bozma. Kafayı bir kaldırdım bildiğin disko topu gördüm. Aa dedim, ne kadar enteresan. Bir nostaljik, bir tuhaf, bir sapıkça göründü gözüme.

Ne zamandır eski Türk filmi seyretmediğimi fark ettim. Kalabalığın arasında ilerlemeye başladım. Dünyanın bütün yaşam koçlarını, reikicilerini, astrologlarını falan toplamışlar hakikaten. Ne yana kafayı çevirsem, her köşede insanlar boş boş konuşuyor, içinde enerji kelimesi geçen ilkokul çocuğu seviyesindeki tespitleri birbirleriyle değiş tokuş ediyorlar ve macarena dansı yapıyorlardı. Bu gerçekten de içler acısı bir manzaraydı. Bayıra karşı macarena yapan o iki reikicinin meşhur hikâyesini hepimiz biliriz. Şimdi bana tekrar anlattırmayın. Yazık, be... Cık cık diyerek şöyle bir kafamı salladım oradan geçerken. Sonra bir İngiliz bir Fransız bir Alman ve bir reikicinin aynı uçakta yolculuk yaptığı o meşhur fıkra geldi aklıma. İster istemez kıkırdadım.

Ah, keşke bu fıkraları, şakaları, gözlemleri paylaşabileceğim sizden başka birileri daha olsaydı. Ancak, Muhsin'im yanımda yoktu. Arkadaşım dediklerimin çoğu onunla düzüşmüştü ve ben o zaman... Sahi ben burada ne yapıyordum?

Derken, bir itici güç, âdeta arkamdaki bir basınçla sarsıldım. Neredeyse düşecektim. Sanki bir büyük değirmen o hışımla benim götü de savuruyor gibi hissettim. Yalpalandıktan sonra arkama döndüm.

– Hösst! dedim. Ne oluyor?

Beni devirmek üzere olan o kocaman götün yukarısına yerleştirilmiş küçük sevimli bir kafa vardı. Temiz, güzel bir yüz. O kafadan mahcup bir ses çıktı. Bana çok dikkatle bakıyordu sanki tanıyormuş gibi.

– Pardon ya,

Ben de ona baktım. Hayranlarımdan biri olsa gerek diye düşündüm, affedecektim.

– Neyse, tamam. Kocakatran Dağı'ndan yeni inmiş gibi götümüzü yaymayalım, dedim ve önüme döndüm.
– Münire!

Ne? Ne demek oluyor bu? Münire mi? Hemen Seinfeld'in Newman'ı tonladığı gibi ben de Münire'yi tonlayıp sesin geldiği tarafa doğru baktım. Münire denen kadın da o tarafa baktı. İkimiz de aldığı içkilerle bizim olduğumuz tarafa gelen Muhsin'i gördük. Demek şimdi az önce konuştuğum koca göt, bildiğin Münire imiş. Ona seslenen de bildiğin Muhsin! Ah, ne yapacaktım? Nasıl bir ortamın içine düşmüştüm ben böyle! Ne? Ne yapacaktım, cinayet mi işleyecektim, krematoryumlarda kendimi mi yaktıracaktım. Allaam ne yapacaktım? Ah, güzel gözlüm, ah ruhum, ah bebeğim, sen dün, ben, biz seninle aynı çatı altında karnıyarık yemedik mi dün, sen ben dün, biz sevmedik, sevişmedik, özlemedik mi dün ben sen, nasıl, ha? Hızla koşmaya başladım.

Ben koştukça bir süre sonra arkamdan Gülfim diye bağırıldığını duyuyordum. Gene her ağladığım vakit ve yağmurda olduğu gibi gözlüklerim buğulanıyor, önümü görmemi daha da zorlaştırıyor idi. Dünyanın bütün acıları bana zerk edilmiş gibi hissediyor, vücudumdaki her hücrede az önce duyduğum sızıyı hâlâ duyuyordum. Çok kalabalıktı, bir an önce dışarı çıkma telaşım kâr etmiyor, o sıkışıklıkta iki yaşam koçu sohbetinin orta yerine düşüyor ve ben de bir şeyler söylemek zorunda kalıyordum. Acının ne demek olduğunu da asıl o zaman anlıyordum. Oy, öyle fena muhabbetlerin içine düştüm ki Muhsin ve Münire'nin gölgesinden kurtulacağım diye resmen kocamla metresinin görüntüsüne dahi hasret kaldım.

Allah kimseyi yaşam koçu içgörüsü, reikici hoşgörüsü ile terbiye etmesin. Daha hızlı koşup bu muhabbetlerden yakamı sıyırmaya çalışırken hâlâ o cılız Gülfim seslenişini duyuyordum. Kuantum astroloğu ile tarot kartlarını harmanlamış yoga ustalarının spiritüel âlemlerinde zehirlenmeyeyim derken birkaç Twitterci'nın muhabbeti içine düşüverdim. Şöyle cümleler duyuyordum. "10 kişi takip et, 15 takipçi kazan takip ettiğinin %150 fazlası sana gelsin!" Ne diyorlardı yahu? Küfür müydü bu? Dedim ki bunlara:

– Asıl sana gelsin!

Memnuniyetle gülümsediler. Neyse, en sonunda güçlükle de olsa kendimi sakin bir köşeye atabilmiştim. Bir bira fıçısı gördüm orada. Hemen üstüne tünedim. Belki bu şekilde karaya çıkmış bir insan evladı gibi, spiritüel sürülerden kendimi koruyabilirdim. Tam fıçıya tüner tünemez, deminden beri bana sesini duyurmaya çalışan Pervin nefes nefese geldi.

– Gülfim, Gülfim. Dinle! Muhsin'i gördüm. Metresi vardı yanında. Sana sesleniyorum deminden beri. Duymuyordun beni. Koşturdum…
– Duydum, dedim. Reikicilerden kaçıyordum.

Soluklandı. Hemen devam etti:

– Ha, anladım. Bak daha neler olmuş? Bu senin Muhsin hep o senin Nefiye'yi, Sergül'ü falan da…
– Sus, dedim. Biliyorum.

Çenemi dizlerime gömdüm. Etrafa baktım. Yonca Evcimik çalıyor, herkes "bandıra bandıra ye beni"yi söyleyerek dans ediyordu.

– Bitmişim ben. Ben bitmişim Pervin.

Bitmiş idim. Arkadaşım geldi, yanımda durdu. Omzumu sıvazladı. Öğrendiği diğer şeyleri anlatmadı. Sustuk. Dans edenlere baktık. Herkes çok mutlu görünüyordu. Fakat bana bir şey olmuştu. Benim için o an artık müzik değişmiş, hepten acıklı bir şeye dönmüştü. Ben kafamın içinde çalan bu acıklı müziği dinliyordum. İçimde acıklı müzik çalıyordu. Ne yapılır ki? Ne yapabilirdim? Hâlâ inanamıyorum. Benim içimde acıklı müzik çalarken peki Muhsin nasıl dans ediyordu o zaman mutlulukla? Hangi kadın bu ıstırabı kaldırabilirdi? Elbette ben de kahroluyordum. Belki beş ya da on metre ötede çok uzakta da değil, muhtemelen Muhsin elini o sevimli suratlı, koca götlü kadının beline dolamış, dans ediyor. Böyle bir zulüm olabilir mi? Bir kadın böyle bir acı hatıraya nasıl dayanabilir? Benim merkezi sinir sistemimin daha ne hale gelmesi lazımdı acaba bu manzarayı sindirebilmem ve hayata devam edebilmem için. İyicene böyle, tam angut, büsbütün şuursuz bir şey mi olmam lazımdı? Ah, çıldıracağım. Ben onları, ben o manzarayı neden gördüm, ah delireceğim.

Yalnız, kadının götünü nasıl doğru tahmin etmişim, değil mi? Bravo bana! Merak da ediyordum bir yandan, ama gördüm de ne oldu? Evet bir Heidi Klum değildi... Eğer olsa mı daha iyi idi, olmasa mı, bilmiyorum. Ancak öyle itici bir tip de değildi. İtici bir tip olsaydı mı daha iyi idi, olmasa mı, onu da bilmiyorum. Hiç böyle bir şey olmasaydı iyiydi. O iyiydi. Hiç olmasaydı ya böyle bir şey. Aah, ah Muhsin!

Hem buradan bir an önce gitmek istiyor, hem de bir gün bile onsuz olunca deli gibi özlediğim adamla aynı mekânda olmanın verdiği hisle tünediğim bira fıçısına tutunmuş, hiç kıpırdamadan duruyordum.

– Dizlerim ağrımaya başladı, Pervin!
– İn oradan Gülfim, deli misin, in!
– İnemem. Hayattan korkuyorum!

Keşke Muhsin beni kucaklayıp bu fıçının üzerinden alsa, sadece kötü çok kötü bir rüya gördüğümü söylese, gecesinde mülkiyeden arkadaşlarla playstation oynadığımız, sonra onları yollar yollamaz çılgınca seviştiğimiz bir günün sabahına uyansak... Ah, nerede? Böyle bir şey olmayacaktı ki artık hiç. Boş boş etrafıma bakmaya başladım. Herkes çılgınca dans ediyordu hâlâ. 'A acayipsin' ve birkaç Tarkan şarkısı daha çalınmış, Mustafa Sandal 'Jest Oldu', Hakan Peker ise

'Hey Corç Versene Borç' demişti. Dünyada insanın çekeceği çilenin bitmeyeceğini görüyor olmalısınız artık siz de. İçimde çalan acıklı melodilerle acı çekiyor, yıllar geçse de bir türlü kurtulamadığımız bu diğer melodileri dinlerken de resmen eziyet çekiyordum. Canım en çok ayran istiyordu. Şişe şişe ayranları kafaya dikmek, baş ağrısından ve ıstıraptan kafayı tamamen çatlatıp öyle geberip gitmek istiyordum.

Gene de kendimi yatıştırmak için elimi çantama attım ama hatırladım. Moralim daha da bozuldu.

– Simidimle, elmamı da aldılar, Pervin!

Pervin dostça güldü.

– Kız, deli, simit elma sokulur mu buraya? Tüp de getirseydin. Piknik mi burası ayol?

Ona bileğimi gösterdim. Işığa göre ayarlayınca amblem görünüyordu.

– Ne saçma, dedim. Damgalı eşek gibi geziyoruz.

O da kendi bileğini ışığa tuttu.

– Hee, o saçma sahi, dedi. Dans etmeye devam etti. Hem dans ediyor hem etrafı kesiyor hem de kendince bana teselli veriyordu.

– Boş ver işte Gülfim. Oh, ne iyi oldu. Yeni denizlere açılırsın. Zaten o Nefiye'ler falan da hiç memnun kalmamışlar senin adamın performansından.

– Hay sıçayım ben onların performansına, dedim. Hadi oradan! Benim aşkım idareten kaymıştır onlara, biz tutku ile sevişirdik.
– Neyi idare ediyordu ki?

Bu lafa bozuldum.

– Ne bileyim işte, hepimizi birden idare ediyormuş besbelli. Şimdi herkes öğrendi, konuşup duracaklar. Deveye ibrik atlatmak kolaydır derler. Halbuki bunu bir de tosbağaya sorsalar... İşte hakikat orada!

Hayattan korka korka da olsa mecburen fıçıdan indim.

– Ha ha ha ne güzel, kendine geldin işte Gülfim. Çok sevindim. Haydi dans edelim. Ha ha ha…

Of… Bu şapşal kadın da beni hiç doğru dürüst tanımıyordu. Kendime gelmiyor, asıl ben kendimi kaybediyordum. İyi değildim. Dedim ki:

– Ben sigara içeceğim!

Önce biraz kafası karıştı. Sonra bununla ortak arkadaşlarımız yanımıza doluşmaya başladılar. Dedi ki bu:

– E, sen bırakmamış mıydın?

Gelenlerle sarılıp, kucaklaşırken,

– Başlarım şimdi ha, dedim. Başlayacağım!

Benim tekrar sigaraya başlayacağımı duyan bütün bu arkadaşlar bana sigara uzattılar. Benim galiba gerçekten dostum yok yahu! Ya da hâlâ çok. Tam anlayamadım. Bana sigara uzatanlara uyarır gibi şöyle bir baktım.

– Şaşırmayın, şaşırmayın! Polis sizi arayarak kontör ya da para talep etmez!

Pu ha ha ha diyerek hep birlikte güldüler.

– Evladiyelik tavsiyeler, aforizma, bel ağrısı ve fıtık şikâyetleriniz için doğru adres belli dedim: twitter.com/gulfimabla

Pe he he he diye tekrar güldüler.

– Tamam, verin şimdi bir cigara!

Verdiler, güldüler. Ahaha, Ehehe, ilahi Gülfim, Mehehe, Hohaho... Galiba bunlara kendimi güldürüyordum. Sonra bir köşede sigara içip etrafa bakmaya başladım. Baktım bu şapşallar hâlâ gülüyorlar. Ota boka gülüyorlar. Kimse bir şey demeden de gülüyorlar. Lan, dedim zurna olmuş bunlar, ondan gülüyorlar. Kimbilir ne zıkkımlanmışlardı? Sonra, daha dikkatli baktım habire bunların ortasına tepside minik bardaklar geliyor, gidiyor. Meseleyi çözdüm. Shot yapıyorlardı şerefsizler. Dedim ki:

– Ben içki içeceğim!

Zaten aylar sonra içtiğim sigaranın ilk nefesinde leyla olmuşum, bir de içki içersem ne hale gelecektim acaba? Sanırım arkadaşlarım da bunu en az benim kadar merak ediyorlardı ki hemen o tepsiyi bana da uzattılar. İçirdiler.

– Gül– fiim, bii- zi, diskoya gö- tür! diye bağırmaya başladılar.

– Daha ne diskosu lan? Top dönüyor ya tepenizde! Görmüyor musunuz kitapsızlar?

Me he he he diye güldüler.

– Ne içirdiniz lan bana? Muhsin nerede? Ben onu özledim. Muhsiin!

Muhsin'in olduğu tarafa doğru gitmeye çalışırken, Pervin ve diğerleri beni tuttular.

– Yakarım ulan, yakarım, yıkarım! Akçakese dar mı geldi? Buralar bayağı değişmiş ha! Hep arsaydı buralar sen küçükken bilir misin? Hey gidi günler, bizim bir Güdük Necmi vardı. Mahallede baş parmakla tek kanada bastırıp öbür kanattan üç metre öteye sümük fırlatırdı. Ne pis mahallede oturmuşum ben de yahu? Sen hiç ebegümeci yedin mi Muhsin? Bilir misin her baklagil düdüklüde pişmez. Pişirdiler! Zigon sehpanın ardından zemzem suyu içilmez, dediler. İçtik. Hiciv yarası acıtmaz o attığın tokat kadar, dediler. Acıttı. Ben ne yapayım? Artık, yeter! Kim o kadın? Başkaları da var mı? Ne içkisi götürüyordun sen ona? Dişi gübre böcekleri nasıl bir ilişki ararlar? Efendim? Yüzü kızaranlara müjde: Bu hafta fuşya ve tonları moda! Artık bir hafta makyajsız gezersiniz! Bana geri döön!

Devrildim. Pervin'ler de üzerime devrildiler. Mı ha ha ha diye gülüşüyorlardı hâlâ. Muhsin'lerin olduğu köşeye varamadan bütün enerjimi yitirmiştim. Sağımda solumda ayyaş dostlar ile yığılmış, yerdeydim. Gerçi o köşeye varabilsem ne olacaktı? O Münire'sine içkisini götürürken beni görmüş müydü, bilemiyorum. Kocacığım dedim. Kocaman kocacığım. Güzel gözlü kocacığım. Sen beni gördün mü canım kocacığım? Ben tüm bu rezilliği ve seni gördüm, sen de beni gördün mü kocacığım, hı? Sen de beni gördün mü? Bir bunun cevabını gerçekten merak ediyordum. Bir de bana şerefsiz arkadaşlarımın shot yaptırdığı o pembe şerbetimsi içki zıkkımın adını. Müthiş leziz idi. Bir tek onu öğrenebildim. Öğrenir öğrenmez hemen iki shot daha söyledim.

Herhalde söylememe lüzum yok. Onları da zıkkımlandım. İşte bütün bunlar olurken siz de öyle basiretiniz bağlı ya da oturduğunuz yerden kıs kıs gülerek vaziyeti izlediniz. Tüh, size de yazıklar olsun! Bazılarınız da ne güzel müzik ya, özlemişiz bu şarkıları da ha, iyisi mi bırakalım kendimizi ritme dediniz. Gidip bir köşede yaşam koçları ve reikicilerle laflayıp iki arada bir derece sikimsonik hayat tüyosu kapmaya çalışanlarınızı bile gördüm be, reziller sizi. Geçin şimdi şu köşeye. #BanaGöreMutluluk sana göre mutluluk diye bir şey olmaz, herkes ayağa kalksın! Tamam şimdi serbest, hareketler... #BenceBirgün şimdi tam gün, sonra part time çalışılmaz, oturun! Güzeel! Tamam, şimdi dağılın. Defolun gidin! Haydi, bakayım!

Bir kısmınızı gönderebildim. Kendim yığıldım, doğruldum, süründüm, ayaklandım, bira fıçısının üstüne çıktım, indim... En sonunda Muhsin'lerin olduğu o köşeye de bir müddet sonra varabildim. Ancak orada yoktular. Belli ki başka bir yere gitmişlerdi. Bir başka partiye mi? Bir aşk yuvasına mı? Bir ucuz otele mi? Daha da fenası, bir pahalı otele mi? Bilemedim. Bildiğim şey gittikleri. Bildiğim şey aşk acısı, yürek yarası. Âdeta tiryakinin son sigarası! O denli fani, o denli gaddar hayat. Gitmişler... Onlar bir çift olmuşlar. Ben tek kalmışım. İşte bu hayatın gerçeği. Ben ayran içmeyecektim de kimler içecekti?

Ayran düşüncesi ile kendimi oradan attım. Dışarı çıktım. Biraz nefes aldım, gecenin bir vakti hâlâ ışıl ışıl şehir. Fakat benim ruhum kapkaranlık. Ayranı ben içecektim, sefasını onlar sürecekti. Evimin direği nereye çakılıyor, ailemin rızkıyla daha ne götler büyüyordu? Kimbilir? Acaba hangi otele gitmişlerdi? Sahi, otele mi gitmişlerdi? Ah, benim ucuz kocam. Ah, benim klişem. Ah, benim neşem, endişem... Nerelerdesin? Ben samanlıkta iğne arar gibi çaresiz, sokağın sağında solunda bir ümit kocama bakınırken, yanımda gene Pervin'ler bitti. Beni kolumdan çekiştirdiler. Kafa bir dünya gülüşüyorlardı hâlâ.

– Nereden çıktınız ayol siz? Nereye götürüyorsunuz beni?

– Kapandı mekân Gülfim. Ay, neler neler öğrendik, bak anlatacağız, dedi Pervin.

Koluma girip kıkırdadı yanındaki.

– Anlatacağuz da, pi dur! Çok cüzel mekâna cideceğuz!

Diğerleri de böyle konuşuyorlardı.

– Anlatacağuz! Eğleneceğuz!

Şive esprisi yapacak kadar sersemlemişler, kendilerini kaybetmişlerdi. Bu yaşta hâlâ ergen gibi içerlerse olacağı buydu. Ergenlerin bile tenezzül etmeyeceği şakalar yaparak iyice kepaze oluyorlardı işte böyle. Bunların da kafa gidikti.

– Bırakın, uşaklar, dedum. Ben ayran içeceğum!

İçersun, içemezsun, içersun, içemezsun... Yok şu mekâna cideceğuz. Kolumdan her biri çekiştirip duruyor.

– Ayyh, dedim. Bırakın, yangın var diye bağırıciim!

Gene kıkırdadı şaşkınlar. Onların o bir anlık şaşkınlığından istifade edip, bir taksiye atladım. Evimin yolunu tuttum. Yan bloktaki rezidansın bakkalının önünde indim. Bu bakkal Necip her vakit açıktı çünkü. Biliyordum. Girdim içeri.

– Oo Gülfim Abla, bu saatte? Fakat, olayları duyduk. Üzüldük. Muhsin abim yanlış yapmış size. Ayrana mı geldin?

– Uzatma, uzatma Necip, dedim. Üç litre ayran ver! Bi dakika ya? Kim veriyor bu benimle ilgili haberleri size? Kim yayıyor bu kepazelikleri mahalleye? Tekaütler mi?

Göz kapaklarını indirip, başını eğdi Necip.

– Tekaütler, dedi.

Bir elimi öbür avcuma vurup kaydırdım. Alt dudağımı ısırdım.

– Hay, dedim. Damn it! Tabi, doğru ya. Bütün gün başka işleri güçleri yok tabi. En başından beri onlardan şüphelenmeliydim.

Şimdi gerçekler ortaya çıkmıştı. Şimdi her şey anlaşılmıştı. Şimdi onlar düşünsün!

– Benden duyduğunu söyleme sakın ha, dedi Necip, korkarak.
– Bırak, dedim. Bırak! Senin de onlardan farkın yok. Laf taşıyorsun. Tıynetsiz!

Koca herif tekaüt lafını duyunca nasıl karşımda yaprak gibi titriyor, bir görmeliydiniz. Esnafı bezdirmişler. Civar esnaf da az değildir ama tekaütler daha fena. Açık söyleyeyim ben de neticede tekaütle göze göze gelmek istemem. Tehdit olarak görüp saldırganlaşabilir. Ama yani durduk yere de korkmam. Tekaütten korksam, düzenli olarak bağkur primimi yatırmam, öyle değil mi? Derken şimdi fark ettim, bir süredir de yatırmıyorum galiba. Ben unutunca bu işlerle Muhsin'im ilgilenirdi. Ah Muhsin, kendi bağkur primini yatırırken, senin eksiğin varsa Gülfim seninkileri de yatıralım der idi.

Nefes alamayacak gibi oldum. Oracıkta açtım ayranlardan birini, kafaya diktim.

– Çarpmasın, abla?

Elimin tersiyle ağzımı sildim.

– Çarpmaz. Ben çarpacağım şimdi sana, dedim. Cevap ver! O değirmen götlü metresini de getirdi mi Muhsin buraya?

Bozuk para cüzdanımdaki bütün bozuklukları yığdım tezgâha. Şakırdayarak yayıldılar, bir kısmı yere düşüp yuvarlanmaya başladı.

– Konuş!
– İstemez abla, sen yabancı mısın? Hem ebatı ne fark eder? Değişik ebatta bayanlarla biz, Muhsin abimizi görsek de görmesek de bizim size saygımız, sevgimiz...

Adam gene tir tir titriyordu. Ya bozukluklardan ya benden ya bir şeylerden korktu bu ödlek gene diyecektim ki... Tok bir ses duydum ve ne olduğunu anladım.

– Hayırlı sabahlar, çocuğum!

Bu ses emekli öğretmen Vehbi Güleryüz'den başkasının değildi. Evet. Rezidansın en tekaüt kişisi. Vehbi abi, 'kızım senin derdinden biz anlıyoruz merak etme' der gibi bana baktı. Bunlar da hem olayları yayıyorlar, arkadan konuşuyorlar hem de bir mesele olunca illa gidilip direkt bunlarla yüz yüze konuşulsun istiyorlardı. Muhsin'le ilgili en son çare olarak tekaütlere danışabileceğimi de düşünmüştüm. Denize düşen yılan sarılır hesabı. Ama buna değer mi idi? Muhsin bunlardan bir iki baston yiyecek diye, ben daha elime ne zaman geçeceği bile belli olmayan kaç yıl sonraki emekli maaşımı bunlara mı emdirecektim?

Şöyle alıcı gözüyle Vehbi Abinin elindeki bastona bir baktım ki ne göreyim? Baston değil de, yürüteç bu. Vehbi Abi her yaş için Bey Amca olmuş artık. Abi değil Bey Amca olmuş. Tekaüt bastondan kesilip yürütece geçince abiliği gider, amcalığı kalır ve o haldeki bir tekaüt sadece yakın akrabalarını ve bir de bu bakkal Necip gibi ödlekleri korkutabilir ancak. Zira bir tek onlara gücü yeter.

– Ekmek, yağsız süt, bir de Sözcü ver evladım, dedi. Torbayı yürütece takarsın.

Robdöşambrının cebine uzandı. Aboov, dedim içimden. Amcanın kafa da gitmiş, sade bastondan değil, akıldan da kesilmiş. Bu saate gazete mi kalır? Yazık. Gene de gece vakti yürüteçle dışarı çıkması büyük cesaret. İnsan az da olsa bir ürperiyor. Garibim derken, güneş ışığı gözüme girdi. O vakit hem anladım hem de biraz ayıldım sanırım. Yahu acayiplik bende. Meğer sabah olmuş. Ben disko köşelerinde, shotları dike dike sabahı etmişim. Yazıklar olsun be sana Gülfim, dedim. Ne hale gelmişsin, yazık!

Tezgâhtaki bozuklukları, bozuk cüzdanıma geri tıktım. Bakkala, seninle daha işimiz bitmedi, Vehbi Amcaya da tüh senin kalıbına, senden de geçmiş ha der gibi bir bakış attım. Bilmiyorum artık bakışlarımdan o an ne, ne kadar anlaşıldı, zira göz kapaklarım kapanmasın diye ciddi bir uğraş veriyordum. Feci halde uykulu idim. Ayranın kalanını dike dike oradan uzaklaştım. İçimde o acıklı müzik çalarken, ben de anlamsız naralar atıyordum. Muhsin'in tuttuğu futbol takımını öven tezahüratlar eşliğinde evime vardım. İçeri girdim, kapıyı örttüm ve yığıldım.

Ev öyle sessizdi ki... Biraz ses olsun diye şöyle beyazları atıp 90 derecede affedersin ön yıkamalı programda takır da takır, tukur da tukur yıkayasım geldi. Bir yandan klimayı da açabilirdim. Bulaşık makinesini de çalıştırabilirdim. Bütün bunları yapabilirdim, evet. Ama elim televizyona gider miydi? Bir gün daha onsuz televizyon seyretmeye yüreğim dayanır mıydı? Dayanmayıp da ne yapacaktım ki başka seçeneğim mi vardı? Bundan sonraki hayatım gözümün önünde netleşmeye başlamıştı. Artık hakikatleri görüyordum. Ben bu yaştan sonra âlemlere akacak, içki sigara ve daha da acıklısı ayranın pençesine düşmüş bir kadın olarak kötü espriler, boktan partiler, sıkıcı dostlar, içimde acıklı müzik ve ıstırap sabahı edecektim. Evde de ses olsun diye sabah akşam boyuna çamaşır, bulaşık yıkayacak, dolayısıyla apartman sakinlerini çileden çıkartacak ve en sonunda onlarla da kozlarımı paylaşacaktım.

İkinci ayran şişesini de açtım. Sessizliği dinledim. Sessizliğin hiç sesi yoktu. Mahzun bir şeydi. Sus pus durdum. Sanki evde kimse olmayınca benim de konuşmam yasaktı. Yasak mıydı? Sevdiğime seslenemez miydim? Ömrüm, neredesin, ben niye yalnız kaldım ki böyle diyemez miydim? Bir şişe ayran da sana veremez miydim ruhum, kokarcam, biriciğim? Ah, neredesin, kocacığım? Biz seninle ne çok ayran içtik, ben artık hep bir başıma mı dikeceğim? Gene dayanamadım, görüyorsunuz değil mi? Gönlümün sesiyle Muhsin'e, klavyemin ucuyla da size ulaşmaya çalıştım. Sessizliğe dayanamadım.

Sağanak başladı. Havayı koklayan adamın akşam ya da gece geliyor diye uyarı verdiği sağanak demek sabahın bu erken saatine yetişmişti ancak. Önce ufaktan üç beş tıpı tıpı attırdı ama şimdi de foşur foşur yağıyor. Yağmurun hiddetini, şiddetini ve zamanlamasını manidar buldum. Demek benim ıstırabımın toplanıp sıkılaşıp kaskatı bir şey olmasını bekliyordu bir güç. Şimdi tatlı bir serinlikle ben de açılacaktım. Pencereye ucu plastik vakumlu bir oyuncak gibi yapıştım.

Yağmuru seyrettim. Açılmayı, rahatlamayı bekleyerek yağmuru seyrettim. Bir rahatlama olmadı. Sade uykum geldi.

Bir iki saat uyuyabilirdim belki, ama sonra kalkıp işe gitmeliydim. Sıfatım bu tempoya dayansa da, kemiklerim dayanabilecek miydi peki? Biliyorsunuz tabi değil mi artık? Benim kemik yaşım 67 fakat sıfatım taze. Genetik bir mirasın sefasını sürüyorum. Sürüyordum en azından bugünlere kadar. Bu Muhsin'in üzerimde yarattığı tahribat eğer beynimden bedenime sıçramaz ise, sürmeye de devam edeceğim. Ancak hiçbir şeye itimadım kalmadı artık. O dağ gibi o taş gibi Gülfim'in istikrarından, istikbalinden, istidadından şüpheliyim. Bütün bu acıları atlatıp, mutlu olabilecek miyim ben? Peeh! Sanmam. Tı- fıdı tı- fıdı. Pluk!

Kafayı yana düşürmüşüm. Ta- ta- ta- ta... Derin bir nefesle doğruldum. İçim geçmiş. Çantamdan cep telefonumu çıkardım. Şarja takıp saatimi kuracağım. Aşkımdan kalan yadigâr şarjı üçlü prize taktım. Muhsin'in gitmeden önce çıkardığı o şarjı ben tekrar aynı yere taktım. Ah, benim onu oradan çıkarmaya gücüm yetmezdi. Hem çok sıkı olduğu için oradaki o priz, şarjımızı oradan çıkarmaya fiziken gücüm yetmezdi. Hem de ben şarjımızı kendi yuvasından manen ayıramazdım. Bizim telefonlarımızın şarjı bile prizinden ayrılmamalıydı Muhsin! Bize ne oluyordu? Biz ne bok yemeye ayrılıp, ele güne rezil rüsva oluyorduk? Hiç! Gene kendin pişir kendin ye...

Bana böyle üst üste şarj dedirttiğin için kendinden utanmalısın Muhsin! Yani demek istediğim gene kendim söyleyip kendim işitiyordum. Bir de siz. Evet, galiba sizi kovsam da, etsem de gene buradasınız. Anladığım kadarıyla çoğunuzun da işi gücü yok. Peki, teşekkür ederim. Güzel. Tamam şimdi güle, güle. Yürüyün la. Haydi kardeşim haydi ortalara doğru ilerleyelim. He he he... Kömüş gibi yığıldınız ha! Peki tamam, ortalığı pek dağıtmadan bir köşede bekleyin. Muhsin geri dönecek olursa da hep birlikte kapıya çıkıp "Sürpriiz!" diye bağırarak onu karşılarız. He he he. Nerede? Şaka yahu. Geceler yar yar, dört duvar efkâr diye diye, kapıya doğru ufak ufak, haydi... Uyuyacağım!

Bölüm pörçük uyuyorum.

Gene öyle kolay kolay uyuyamadım tabi ki. Telefonu şarja takmadan önce (bak gene şarj dedim. Tekrarlardan da sen suçlusun Muhsin!) kaçırdığım bir mesaj ya da arama var mı diye baktım. Sadece Pervinlerden "Evine vardın mı?" diye bir mesaj gelmişti.

"Patatesler sarardı!"

Yukarıdaki mesajı yazıp gönderdim. Şimdi onlar düşünsün. Ne mana çıkaracaklarsa çıkarsınlar. Keyifleri bilir. İkinci ayran şişesini de devirdim. Kafam da tabi ki zonklamaya başlamıştı. Dışarıda yağmur, zonklayan kafa, yıkılan yuva... Şişeyi devirdikten sonra ben de devrildim. Nırı– nını– nırı-nı– nı... Uyku sersemi telefonu açtım. İsyankâr bir ses:

– Ekmek arası patates yemekten bıktım. Kız arkadaşım beni aldatıyor. Ev arkadaşlarım da dahil hepimiz çay, patates, makarna ve ter kokuyoruz. Üniversite bu mu?

– Yavrum benim, bu. Üç aşağı, beş yukarı üniversite bu. Allah zihin açıklığı versin.

Kapattım. Demek saati kaç ettiysem? Telefonlar başlamıştı. Sanırım ben şu an ofiste olmalıydım. Ama değildim. Sefil bir yaşam sürüyordum. Baş ağrısı, aşk acısı ve gaz sancısı çekiyordum. Bari bir elimi yüzümü yıkayayım derken tekrar telefonla bölündüm.

– Herkes beni kıskanıyor. Ay, güzelliğim, zekam felan herkesin ağzında. Bu durumdan çok sıkıldım. Ne yapayım?

– Canım kızım benim, kimin böyle kaytan bıyığı olur da kıskanılmaz? Sade o mu? Hele o kaşlarının ucunu kıvırıp yapıştırman alnına... Ne müstesna bir tarz. O heyula gibi omuzlar, o zehir gibi, dopdolu, koskoca kafa nasıl kıskanılmaz? Maşallah bu hafta 5 parçalı eşleştirmeli yapbozlara da geçmişsin. Bravo. Bırak aman konuşsunlar arkandan boşver. Sen şimdi bu yeni yapbozlarına konsantre ol. Onlar seni biraz zorlayacak bu hafta çünkü Burcu'cuğum. Tamam mı canım benim? Tamam mı güzel, akıllı kızım? Aferin sanaa.

Nedense ağlaya ağlaya telefonu kapattı. Allah Allah? Halbuki ona elimden geldiğince yardımcı olmaya çalışmıştım. Acaba artık paslandım mı? Kimbilir? Ezber bozmak paslanmak ise, bir garibana yürekten yardımcı olmak paslanmak ise, o zaman ben paslandım. Ay, keşke benim paslandığımı herkes kabul etse de ben de bir an evvel emekli olsam. Mahalledeki diğer tekaütler gibi bütün gün balkonda azıcık aşım ağrısız başım deyip, milletin kocasını metresini gözleyip adamın karısına laf yetiştirsem, gıybet etsem, patates haşlasam, keten tohumu yesem, rezene çayı içsem... Oy, aman şimdi o rezene çayının tadı hatırıma geldi de. Eyvah! Evlerden ırak. Her şeye eyvallah ama sırf rezene çayına talim etmemek için daha uzun yıllar çalışırım. Aman gücüm kuvvetim yerinde olsun da. Bakınız, o kadar yorgunluğa rağmen nasıl da uykum açıldı. İşime motive oldum. Bu enerjiyle hemen gelen bir sonraki telefonu açtım.

– Gülfim Abla, biz şimdi bununla iki haftadır çıkıyoruz. Öncesinde gene bir şeyler vardı ama arkadaştık. Bunun bir de Arzu diye çok yakın bir arkadaşı var. Bu derken yani benim Kaan'dan bahsediyorum. Bu Arzu denen kız, bizim Kaan'la bütün buluşmalarımıza geliyor, Gülfim Abla. Hayır ona da bir şey diyemiyorum, çünkü onun da Volkan diye çok âşık olduğu bir çocuk varmış. Ama bu Volkan'la tam aralarında bir şey olacak gibi olunca, çocuk onu bırakmış. Ama ben ona da tam olarak inanamıyorum. Çünkü Volkan'ı benim dershaneden Duygu diye bir arkadaşım çok iyi tanıyor. Duygu diyor ki bir kere öyle bir şey olsaydı bundan önce benim haberim olurdu diyor. Ki yani Duygu böyle konularda çok net bir insandır. Hiç öyle atıp tutmaz yani.

Onu da nereden biliyorum... Benim ilkokuldan Özgür diye bir arkadaşım var. Ve Özgür'ün ailesiyle Duygu'nun ailesi yazlıktan tanışıyor. Beraber büyümüşler yani. E öyle olunca da ben tabi ki Duygu'ya güveniyorum. Ama gene de tam emin olamıyorum çünkü Duygu'yla Özgür'ün aralarında da bir şey olacak gibi olmuş ama olmamış. Yani şimdi Özgür de Duygu'yu koruyor olabilir. Zaten aslında Özgür'le benim aramda da bir şey olacak gibi olmuştu ama olmamıştı. İyi ki de olmamış. Zaten biz Kaan'la iyiyiz. Ama bu Arzu meselesi de çok kafamı kurcalıyor. Özgür mü haklı sizce, Duygu mu doğru söylüyor? Yoksa ben Kaan'a mı inana... Gülfim Abla dinliyor musun beni?

– ...

– Gülfim Abla?

– ...

– Abla?

Ne vakit uyandığımı bilmiyorum. Fakat şu kadarını söyleyeyim. Havayı koklayan adamdan sabah ve öğleden sonra mesajı, yapmadığım asgari ödemeyi bana hatırlatan bir sevimsiz banka mesajı ve birkaç tane de indirim mesajı çoktan gelmişti. Bir de cevapsız aramalar vardı tabi. Hiçbiri Muhsin'den olmayan cevapsız aramalar vardı. Uyumuşum işte. Benim de bir insan evladı olduğumu ve tahammül gücümün belli bir sınırı olduğunu unutan bir öğrencinin telefonuyla bu hale gelmiştim. Yoksa ben şişelerce ayran da içsem gene de bu kadar şuursuz bir şekilde saatlerce uyuyamam. Fakat haklı değil miyim? Konuşmayı siz de duydunuz az önce. Bu da can yahu! İnsanın düşmanına yapmayacağı konuşmalar yapılıyor bana, ben de bunları dinleyip çözümler bulmaya çalışıyorum. Siz hiç ergen derdi dinlediniz mi? Oy, evlerden ırak. Peki siz hiç yetişkinden, orta yaşlıdan, yaşı geçkinden ergen derdi dinlediniz mi? Dinlemediyseniz dünyanın kahrını siz çekmediniz demektir çekmezsiniz de inşallah. Ben kimseye beddua edecek bir insan değilim.

Beddua etmek, peşrev çekmek ve ilmik atmaktan hoşlanmam. Word, Excel, PC 3 ve ICQ bilirim. Tişörtleri katlarken muhakkak kenar hatlarına ütü yaparım. George Clooney ile aramda bir şeyler olduğuna dair haberler yalandır. Yarışmacı arkadaşlara başarılar dilerim. He he he... Basının ilgisinden rahatsızım. He he he... Woody Allen adam olsun! Ha ha ha. Liza Minelli ile kozlarımızı daha sonra paylaşacağız. Me he he... İşte böyle millet. Görüyorsunuz nasıl da kendimi eğlendirmesini biliyorum. Bu şakaları sizler de evlerinizde yapıp, kendinizi şımartabilir ya da annenizi, amcanızı, küçük yeğenlerinizi sevindirebilirsiniz. Ah, ne kadar güzel. Uykumu alınca hemen havamı bulmuştum. Cevapsız aramalara geri döndüm. Bir saate kadar ofise geleceğimi söyledim. Bilgisayarın başına geçip hemen Twitter'a girdim.

Baktım Simon Cowell twitt atmış. Diyor ki, takipçilerime teşekkür ederim. 6 milyonun üzerine çıktı. Şimdi ilginç bir şey yapmam lazım. Hemen kendisini yanıtladım. Dedim ki:

– @SimonCowell Eşek üstünde jonklörlük yap. Daha enteresan ne olacak?

İşte böyle. Hemen lafı yerli yerine yerleştirmiştim. Fakat nedense bu önerime bir yanıt alamadım. Ancak hızımı kesmedim. Küçük bir reklam girdim:

– #geldeyanma mürdüm kızı can damar, eller güne oynasın, kefir dağları ve daha pek çok halk ezgisi @gulfimabla

TJK'ya şöyle bir baktım. Hâlâ akıllanmamış. Diyor ki: İzmir yarışlarında; 5'li Ganyan 2.108,57 TL, 4'lü Ganyan 17,55 TL, 3'lü Ganyan 7,00 TL vermiştir.

– @_TJK_ hâlâ üçün beşin hesabındayız. Bu hepimizin ayıbı!

İşte böyle, ona da aynen cevabı yapıştırdım. Oh, bir rahatlama geldi içime. Harika. Eh, gördüğünüz üzere hayat devam ediyordu. O kadar da dertlenecek bir şey yoktu. Ölümcül bazı hastalıklarda ölmeden evvel son bir iyilik dönemi olurmuş. Tıp dünyasından değil fakat Türk ve dünya edebiyatından kulağıma böyle sözler geldiydi. Bu iyilik döneminde de hem sağlıklı hem neşeli gibi olurmuş insan. Yüzüne renk, eline ayağına derman, can gelirmiş. En azından nalları dikmeden bir vakit evvel böyle canlı, heyecanlı kalırmış işte insan evladı. Benim halim de bu mu idi yoksa?

Durduk yere telaş etmek istemedim ama bilgisayarı kapatıp evden çıkmadan evvel Muhsin'imin Facebook sayfasına bir göz atmaktan da geri duramadım. Ve işte orada ben göreceğimi gördüm. Ben o talihsiz beyanı gördüm. Ve kahroldum.

Muhsin is now friends with Münire and two other people.

Münire ve tuu adır pipılmış! Patlasın! Tuu senin boyuna posuna Muhsin! Bana bunları da mı yapacaktın? Tuu senin suratına! Yazık sana verdiğim emeklere, yıllarıma, benzersiz, saf aşkıma, sana bakmalara doymayan şimdi yaşlı gözlerime yazık! Ah, çok yazık. Sade bu mu? Bir de taglenmesin mi? Evet onunla taglenmiş de canımıniçi. Taglenmek ne demek ya? Başka kadınla taglenmek ne demek? Benim ruhumdan zorla kazıyıp alabildiler ve başka bir kadının yakasına mı iliştirdiler seni kaşındıran etiketler gibi, ömrüm? Sen de hiçbir şey yapamadın mı, hiç sesin çıkmadı mı bu olanlara sevdiğim? Erkeğim, geçmişim, içim, ah ben seninle hep boşa sevişmişim.

Boşa... Boşa sevişmişim... Demek artık internet dünyasından da saklayacak bir şeyin kalmadı. Sen ne mevkiinden ne benden ne kendinden utanmamışsan, ben sana daha ne desem boş, biriciğim, kocacığım, canım, ah bir türlü bitmek bilmeyen acım. Senin şimdi o aşırı tatlı yüzüne, deklanşöre basıldığı anda yakalandığın o ılık gülüşüne bakıyorum ve bu güzelliğe bu canlılığa bakmama rağmen gene de içimden soyunmak gelmiyor. İnanabiliyor musun buna? Bak, gör! Beni getirdiğin hali bir gör! İpi çoktan çekilmiş boşa dönen makara gibi anlamsız bir biçimde dönmeye başladım. Fotoğrafı gördüm. Dönüyorum. Suya batıp çıktıktan sonra üstündeki ıslaklıktan kurtulmak için döne döne silkinen bir köpek gibi ben de bu fotoğrafının üzerimde bıraktığı etkiden kurtulmak için evin içinde salakça dönüp duruyorum. Dönüyorum. Tıpkı yalama yapmış bir vida gibi olduğum yerde sıkışıp kalmış, işlevsiz, ne ileri ne geri, işte böyle olduğum yerde dönüyorum. Dönüyorum.

Taglenmek ne demek Muhsin? Taglenmek ne demek? Her haltı yedin ettin, civar esnaf bütün mahalle bizi diline doladı yetmedi şimdi de sanal âlem mi sallanacak? Ah sen de bilmez misin ki bu internet alemi, fuhuş aleminden beter bir yerdir. İnternette edilen bir gıybet ile yer gök inletilir. Her tür çirkinlik anında piksel piksel, kesif bir koku gibi yoğun, rayihasıyla tam da aynı anda dünyanın dört bir ucuna yayılır. Tuu, sana yazıklar olsun. Sanki sen bunları hiç bilmiyor musun? Rezil! Ahval! İstisna! Nümayiş! Fena! Avokado! Sebil! Ah ben sana daha neler diyeyim Muhsin? Sen beni böyle bırakıp gidecek miydin? Ah böyle gider gitmez sen bana bunları mı edecektin? Ah, ah. Sana daha çok sözler edeceğim. Çok ağır sözler edeceğim. Doğru heşteği bulur bulmaz edeceğim. Bu Muhsin şaşkını beni takip ettiğinden de değil bu gayretim. Çünkü benim hışmımdan korktuğundan etmez. Ama orası internet. Madem onun o fotoğrafları benim gözümün önüne geldi. O zaman bu sözler de senin kulağına gidecek! Bak, dinle Muhsin. İşte geliyor. Döküldüm…

#ŞimdikiRuhHalim dur azıcık becereceğim, fakat yapıyorum olmuyor, şu kavanozu aç da öyle git!

#ŞimdikiRuhHalim iki lafın beli kırık, ocak sönmüş çılbır ateşte, hiç olmazsa şofbeni kıs da öyle git!

#ŞimdikiRuhHalim kertenkele ot biçiyor, cümle cenap uzun eşekte, sen de bir takla at da öyle git!

#ŞimdikiRuhHalim hani nerede nar çiçeğin, bir itibar edeceğim, söz söyle de öyle git!

#ŞimdikiRuhHalim güzel göze lens takılır, kırlent hamamda yıkanır, bari peştamalini al da öyle git!

#ŞimdikiRuhHalim daha erken ayaktayım, fakat muallaktayım, bir tavla atalım da öyle git!

#ŞimdikiRuhHalim daha ezber bozacağım, fasulyeyi suya koydum, iki lokma bir şey ye de öyle git!

#ŞimdikiRuhHalim sana bir söz edeceğim, horozdaki ibiğin, esamisi ol öyle git!

Son sözümü söyleyip bu bahsi tamamen kapatıyordum ki aklıma çok önemli başka bir şey daha geldi.

Baskılı tişörtleri ütülerken üzerine bir tülbent kapat bari ki baskılar ütüde bozulmasın.

Evet, bu sözü de söyledim. Muhsin'e diyecek başka hiçbir sözüm kalmamıştı. Eğer bir daha geri gelmeyecekti ise de bu son detayı hatırlamasını istedim. Onun yaşam kalitesine hâlâ bir miktar katkıda bulunmak derdinde idim. İşte gerçek aşk, gerçek sevgi bu idi. Peki ya o geri gelecek miydi? Kimbilir? Patlasın! Of, bilmiyorum. Yalnız ben şunu anladım. Ben bu saatten sonra uyusam da uyumasam da bunun artık hiçbir anlamı yoktu. Zira ben çook uzun zamandır zaten ayakta uyuyormuşum. Derin bir nefes aldım. Bilgisayarı kapattım.

Üçüncü Bölüm

Şimdi anlaşıldı.

Aramadı. Aramıyor. Aramayacak. Zulme bak! Çektiğim zulme bak! "Ben seni nasıl sevmeyeyim Gülfim!" diyen adamın bana yaşattığı zulme bak! Muhsin, bir dön arkanı da şu arkanda bıraktığın enkaza bir bak! Rezil herif! Ne yapacağım? Her geçen gün işler daha da zorlaşıyor. Yavan bir hayat yaşıyorum. Hatta bu yaşadığım şeye hayat diyenlere teessüf dahi ediyorum. İp atlıyorum, topaç çeviriyorum ve kriket oynuyorum. Alt kattakiler şikâyetçi. Ses oluyor diyorlar. Kendimi nasıl oyalayacağımı şaşırdım.

Ispanak kavuruyorum, etli pilav, onun yanına bir güzel cacık yapıyorum. Sen seversin. Gelsen de yesek. Gözlüklerim buğulandı, hep altından yaş akıyor. Gelsen de silsen. Sen silerdin. Ele güne rezil olduk. Ne bu tekaütler ne de bunların bacak kadar torunları bizi dilinden düşürmüyor. Hay Allah kahretmesin seni. Dönsen de onlara o lafları yedirsek. Sen bir vakitler lafı güzel gediğine koyardın. Gene yanlarda hiç boşluk kalmayacak şekilde yerleştirsen de seyretsek. Sen beni eskiden korurdun. Kendinden de korusan ya. Bir de bu ayakkabıların hangisi giyiliyor hangisi giyilmiyor, kaç yıllık ta eski askerlikten kalma postallar duruyor evde. En azından bunları bir ayırıp gitseydin ya Muhsin Allah aşkına. Of, sana her türlü yazıklar olsun!

İşte halimi görün. Halim artık budur. Hakikat anlaşıldığından beri pek hayatın tadı tuzu kaldı diyemem. Ama içimdeki sinsi umut hemen dindi de diyemem. Sindi diyebilirim. Fakat bazen de kuvvetleniyordu. Bu umut belli bir mekanizmaya bağlı olmadan durduk yere ibresi oynayan bir şeydi âdeta. Muhsin'den hiç haber almasam da birdenbire onun beni çok özlediğine inanıveriyor o akşam kesin gelecek diye bekliyordum. Sonra onunla çok tatlı bir hatıramızı düşünmeme rağmen bir daha dönmeyecek diye umudumu yitiriverip ağlıyordum. Kimi zaman da dönse, ayaklarıma kapansa bile onu asla affetmeyeceğime yalan yere yemin ediyordum. Of, Allahım sen bunları duyma olur mu? Görüyorsunuz değil mi, ben de aslında üçün beşin hesabını tam bırakabilmiş değilim. Âşık kadın ne gariban bir şey! Evet, dua da ettim, fal da baktırdım. Hatta utanmasam kendimi tamamen kişisel gelişimcilerin kucağına da bırakabilirdim. Ben aptalım, buyurun lütfen yiyin benim beynimi de diyebilirdim.

Ama yapmadım. Daha o kadar alçalmadım. Belki de fıkrada dendiği gibi ben de şu dağın ardına bakmayı bekliyordum, koparacaksam ondan sonra koparacaktım gümbürtüyü. Eşeğini türkü söyleye söyleye arayan Nasreddin Hoca gibi ben de evin koridorunda, ofiste, pazarda ıslık çala çala dolanıyordum. Hâlâ Muhsin bir yerlerde karşıma çıkar sanıyordum. Kimbilir? Çıkacak mıydı, sahi? Ha, Facebook'ta karşıma çıkıyordu o ayrı. Neredeyse onun taglenmelerine de alışacaktım hatta. Kendi kendime, Sarıgazi'de miyiz, n'oluyor burada diye soruyor, bir sonraki fotoğrafa tıklıyordum. Hayırdır inşallah, hangi horoz ip atlamış diyor, bir sonraki fotoğrafa bakıyordum.

İlginç, fakat ben kimse için leblebi tozu yutmadım, yutmam da diye haykırıyor, fotoğrafın çekildiği mekânı anlamaya çalışıyordum. Bizim aşkımız böyle bir genişliği kaldıracak bir aşk değildi. Devlerin aşkı böyle olmazdı! Bunu ben de biliyordum ama ben seninle börtü böcüğün aşkını yaşamaya dahi razı olacak hale gelmiştim Muhsin'im. Gerçi tabi ki karıncalarda tutkulu bir çiftleşme mi gerçekleşir, sinek, kelebek nasıl kurlaşırlar, uğurböceği ve tespih böceklerinde en belirgin flörtleşme davranışları nelerdir, bunları daha henüz bilmiyordum.

Sahi bu hayvanlar âlemindeki tek sadık hayvan deniz atı mıdır? Detaylı araştırmamıştım. Kimbilir belki de yeteri kadar belgesel seyretmiyordum. Fakat öğrenebilir, araştırabilirdim. O vakit seninle gene iyi kötü bir aşk yaşayabilir miydik biz Muhsin? Ah, ne kadar oldu biz ayrılalı? Gün mü, saat mi, hafta mı, ay mı? Onu da bilmiyorum artık. O hale geldim. Ama bana bir ömür gibi geliyor. Bir ömür ayrı kalınır mı be Muhsin? Bir ömür ayrılık ikimize de çok değil mi? Söyle! Sordukça, düşündükçe, konuyu dağıtıp zar zor toparladıkça mütemadiyen ıstırap çekiyordum. Kafamı yerinde tutayım, işimden, gücümden, üç kuruşluk maaşımdan olmayayım diye boyuna kendi kendimle mücadele ediyordum.

Ancak ben bu ıstırapları çekerken kimse kendi derdinden, üzüntüsünden feragat edip, sorularını eksik etmiyordu. Gülfim Ablacığımız kendi derdine düşmüştür aman şimdi biz ona hiç ilişmeyelim demiyordu. Halimi gören, bir geri adım atıp usul usul çekilmiyor, gene de soruyordu.

– Gülfim Abla, sizin olayınız ne ya?

Ben de cevaplıyordum:

– Yavrucuğum, benim olayım... SIM kart özellikli, dokunmatik ekran, Usb, Bluetooth ve mini HDMI seçenekleri mevcut. Portatif olarak çantada, cepte rahatlıkla taşıyabileceğiniz, çevre dostu, duvara kusursuz monte sistemi ile, Motionflow 100Hz... Ne diyorsun çocuğum? Ne demek, sizin olayınız ne? Görmüyor musun, burada işte hepinize yardımcı oluyorum. Ne olayım olacak daha? Şaşkın!

Merak ediyorlardı.

– İçimde bir sıkıntı var. Neyin sıkıntısı bu bilmiyorum. Ama boğulacak gibi oluyorum. Bana yardımcı olur musunuz?

Oluyordum.

– Elbette çocuğum. İç sıkıntısı ekseriya ruhi bir buhranın ya da Venüs'ün geçiş döngüsü sırasında ateş burçlarına sirayet eden bir duygu durumunun işaretidir. Fakat senin durumunda öncelikli olarak Akciğer ve yutak bölgesi röntgeni çekilmesi elzem görünüyor. Zira tümörün yerleşim yerini belirlemeden cerrahlar nasıl harekete geçecekler, öyle değil mi canım? Ah, kuzum.

Soruyorlardı.

– Battlefield 4 ne zaman geliyor?

Cevaplıyordum.

– Ah, çocuğum bir bilsem? Ben de heyecanla bekliyorum. Ay hadi inşallah. Tez vakitte inşallah.

Tavsiye istiyorlardı, veriyordum:

– Ona sevgimi göstermek için çeşitli faaliyetlerde bulundum. Caddede yattım, bekledim. Okul bahçesinde kopuz çaldım, dinlettim. Yine de bana geri dönmüyor. Neden acaba?

– Evladım, bence bir de kış bahçesinde ibibik öttürüp, taş kışlada zeybek oynatıp, Kaz dağında kurşun döktür belki o vakit aşkına bir karşılık alırsın. Haydi kolay gelsin. Vaz geçme!

İşte görüyorsunuz. Didiniyordum. Danışanlar için bir şeyler yapmaya çalışıyordum. Bazı günler çalışmak nispeten daha kolay bazı günlerse daha zor oluyordu. Her gece ayran içiyor sade bu şekilde uyku uyuyabiliyordum. Sigaraya ve sıkıcı partilere gitmeye devam. Bünyem şaşırmıştı. Ev yaşantısına, sakin, televizyon seyredilen akşamlara, odalar arasında tatlı bir kovalamacaya ve fasılalı make– up sekse alışkın bünyem şaşkındı. Doğal ortamımın tatsız tuzsuz partiler olduğunu sanıyordu şimdi bünyem. Mottom, "içip içip dur, sevişmeden dön" sanıyordu... Öyle gibi olmuştu. Bu ortamlarda aslında neden böyle salınıp durduğumu, dikkatli okurlarım zaten çoktan fark etmişlerdir. Evet elbette ki Muhsin'imi görme umudu ile dolanıp duruyordum. Bravo dikkatli okurum! Sen peki madem o kadar dikkatliydin, o kadar akıllıydın da o zaman beni niye vakitlice uyarmadın? Sana da yazıklar olsun dikkatli okur! Senin de alacağın olsun! Zaten sizinle konuşmanın da anlamı kalmamıştı artık. O da içimden gelmiyordu. Konuşunca da işte böyle boş boş konuşuyorum. Görüyorsunuz.

Ama danışanlar gene konuşuyordu.

– Çeşitli buluşlar yapmak için gerekli donanım ve zekâya sahip değilim. Sigortalı bir işe girip çalışayım işte, ne güzel.

Ben de onlara katılıyordum.

– Mantıklı.

Soruyorlardı, söylüyordum.

– Dünyada yalnız mıyız?
– Senin için durum böyle, güzel kızım.

Susmuyorlardı.

– Hiç arkadaşım yok. Çok da mutluyum. Aynen devam edeyim mi?

Ben de susmuyordum.

– Canım yavrum, başka şansın varmış gibi... Neyse, evet canım, aynen devam et sen.

Fikir istiyorlardı.

– Sürekli atıp tutuyorum. Boyuna sallıyorum. Hem kendim inanıyorum bunlara mutlu oluyorum. Hem de arkadaşlarım inanıyor, benim adıma seviniyorlar. Kime ne zararım var? Böyle devam edeyim mi ben?

Fikir veriyordum.

– Et çocuğum. Sen aynen böyle devam et. Of.

Durmuyorlardı.

– Siyatik ağrısı başka hangi ağrılarla karıştırılabilir?

Patlıyordum.

– Nereye geldin çocuğum sen? Ne diyorsun? İyice şaşırdınız artık!

Aah, ah. Bazen Muhsin'in o tatlı kokusu burnuma geliyor, aklım yerinden gidecek gibi oluyordu. Sonra evde kalan pis çoraplarından birini bulup kokluyor bu şekilde ruhi dengemi kontrol altında tutabiliyorum. Ben bir tek Muhsin'imle konuşmak istiyor ama ona hiç sesimi duyamıyordum. En baştan yaşadığım bu olayları muhasebe ederek, çözmeye çalışıyordum. Kendi kendime şöyle konuşuyordum:

Bir dakika, bir dakika! Bu adam beni artık sevmiyor mu? Allah, Allah? Ben niye bunu bir türlü anlayamıyorum? Kıt akıllı mıyım ben o yüzden mi anlayamıyorum? Hiç mi sevmiyor yani? E peki nasıl oluyor? Bu neden bana mümkün gelmiyor? Niye benim aklıma bu bir türlü yatmıyor? Ben akılsız mıyım? Nasıl oluyor? Bayağı bildiğin sevmiyor, yani, ha? Allah, Allah çok enteresan! E, peki benim nasıl aklım almıyor? Ben de akıl yok mu? Hem neden sevmesin canım? Muhakkak seviyor olmalı? Sevmeyecek ne var? İnsan karısını sevmez mi? Otur, güzel güzel sev, adam! Sevmeyecek ne var? Sevmemek ne demekmiş?

İşte böyle. Aynı şeyleri tekrar tekrar düşünüp, kendi kendime söylüyor aynı sonuçlara varıyordum. Ama evdeki hesabı çarşıya uyduramıyordum. Kendi kafamdan hem onu hem de kendimi ikna etmeye çalışıyordum hâlâ. İşte şöyle:

Muhsin! Gelirsin güzel işten eve, bir tabak çorba yaparım ben sana. Oh, ne güzel. Sıcacık içer, karını seversin. Güzelce iç çorbanı, sev karını, otur aşağı! Deli mi ne? Ne var bunda anlaşılmayacak? İlla başka birini seveceğim diyorsan da gider güzel dimağından dışarı çıkmayacak şekilde, platonik mi seveceksin nasıl sevecek isen seversin. Bize de böyle soap opera çektirmezsin. Öyle drama queen gibi yahut alık genç kız gibi buhranlı buhranlı ortalıkta gezinmezsin.

Ben bunları dedikçe hemen ikna oluyordum.

Gidersin güzel işine. Gelirsin güzel evine. Oh ne güzel. Erzak getirirsin, televizyon seyredersin, hanımını seversin. Sonra evden işe gidersin, gazeteni alır, vapurda okur, hayattan mutlu olursun. Yaşamak budur. Gelirsin, ben sana güzel bir çorba yaparım, bu defa yanında da dolma, onun yanında da yoğurt. Daha ne istiyorsun? Ne istiyorsun? Sevmemek ne demek? Sen yani beni sevmiyor musun şimdi? Sesin gelmiyor. Ne? Efendim? Anlamıyorum. Parazit yapıyor… Aloo…

İşte kendi kendime böyle aynı şeyleri konuşup duruyor, ancak ne hayattan ne de ondan bir karşılık alamıyordum. Hep hat kesiliyordu. Ben ne vakit bir şeylerden hesap soracak olsam hep hat kesilirdi. Ben de böyle kendim söylenip dururdum işte. Kepazelik. Evet bu kepazelik, benim dediklerimi bir benim bir de sizin duymanız kepazelikti, rezillikti. Düşündüklerim bana öyle de mantıklı geliyordu ki oysa. Kafam mükemmelen çalışıyor, düşüncelerimi doğru olarak ifade edebilirim ve Muhsin tekrardan karşıma çıksa onu kesin ikna edebilirim sanıyordum. E, peki neden böyle bir şey olmuyordu? Artık sabrım tükenmek üzere idi. Masanın üzerinde bir susam buldum. Onu ne yapacağımı bilemediğim için yedim. Ofis içindeki homeless gibi bir şeyim. Nasıl oluyorsa? Zamanı geçirmeye, böylelikle bir şeyleri atlatmaya çalışıyordum ama galiba onu da beceremiyordum. Masanın üzerinde bir susam tanesi daha buldum, tam ağzıma atıyordum ki telefon çaldı. Nefiye. Açtım telefonu. Yanında da Sergül. İki aşüfte bir olmuş, birlikten kuvvet doğar mantığıyla mı artık ne osuruktan tayyare ise, bir olmuş bana zeytin dalı uzatıyorlar. "Ya, Gülfim ya, pardon. Biz sana yanlış yaptık galiba ya..." diyorlar. Ben de bunlara dedim ki:

– Yür- rüü arabacıı!

Çat diye kapattım sonra. Ne halleri varsa görsünler!

"Yanlış anlaşıldım" aradı. O bile gerçek aşkı bulmuş. Götü başı toparlayacakmış. Ay inşallah gene yanlış anlaşılmam dedi. Kıkır kıkır güle oynaya telefonu kapattı.

Pervin aradı. Haftaya bir parti daha var, dedi. Olmasa şaşardım dedim. Çok büyük partiymiş, herkes orada olacakmış, kaçırmamamız lazımmış. İyi dedim, gözlerimi devirerek telefonu kapattım.

Yabancı bir numara aradı, Süperton Süperfresh'in değil mi? dedi. Ne alakası var şimdi, dedim. Doğru, galiba haklısınız, dedi, kapattı.

Rezidans bakkalı Necip aradı. Değirmen az önce buradan geçti, haber veriyorum abla istediğin gibi, dedi. İyi biliyor musun ulan ödlek, beni boşuna getirme oraya dedim.

– O fotoğrafta gösterdiğin kadın işte abla, Muhsin abimizin yanında olan.

Bunu duyunca kapattım.

İşte bu son telefon beni ilgilendiriyordu. Apar topar çıktım. Koştura koştura yolda gidiyorum. Necip bir daha aradı, sesi titreye titreye konuşuyor.

– Sakın tekaütler duymasın ama benim yetiştirdiğimi, olur mu abla? Onlar işlerine karışılsın istemezler.
– Sus, dedim. Tıynetsiz! Ben geliyorum. Siz kadını oyalayın!

Tekrar kapattım.

Tasvirler, şeyler... Şehrin bir ucundan öbür ucuna kullanabileceğim bütün vasıtaları kullanıp hatta yolun bir kısmı için taksi parasına kıyıp geldim. Mahalleden adımımı attım. Bir de ne göreyim? Bütün mahalle, ateş dansı yapan kızlar, jonglörler, ip cambazları, palyaçolar ve aksiyon konuklarıyla dolup taşıyor. Bunlar kadını oyalamak için ne yapacaklarını şaşırmış. Ne bulmuşlarsa getirmişler. Münire'yi de bütün bu aksiyonun ortasında gördüm. O koca götü ne tarafa döndürse bir aksiyon konuğuyla karşılaşan kadın ambale olmuş. Aptal aptal etrafına bakıyor. Bir yandan da mahallede düşük volümlü bir uğultu duymaya başladım. Uğultu şu idi:

– Cat fight! Cat fight! Cat fight!

Bizim geleneklerimizde cat fight mı var yahu? Hangi ara bu kadar havaya girdi bunlar? Züccaciyeciye seslendim.

– Kes uğultuyu Remzi!

– Oo, Gülfim Ablacım, bizler de sizi bekliyorduk. Kadını zor oyaladık vallahi.

– Sus, sus, dedim! Densiz! Nereden buldunuz bunları? Kim verecek bunların parası? Bütün çapulcuları toplamışsınız buraya.

Yanımdan üç başlı bir insan ağır çekimde geçti. Bir cüce burnunun ucunda çok sayıda bardak taşıyor, aynı zamanda hulahop çeviriyordu. Biri ağzından ateş çıkararak geçti. Ödüm bokuma karıştı.

– Yetenek yarışması kuyruğundan toplayıp getirdik. Çok bir şey tutmuyor zaten. Bahsi kaybedenler ödeyecek.

Ağzım açık kalmış etrafıma bakıyordum.

– Hilkat garibeleri de var?

Remzi, biz ne yapalım der gibi dudağını büktü, omuzlarını kaldırıp, ellerini açtı. Sonra o da tezahürata kaldığı yerden eşlik etti.

– Cat fight! Cat fight! Cat fight!

Herkes onunla beraber, hep bir ağızdan söylüyordu. Bütün esnaf beni farketmiş, yavaş yavaş alkış tutmaya da başlamıştı. Tedirgin oldum.

– Ne bahsi, ne bahsi dedin sen?

Züccaciyeci Remzi'ye bakıp sormuştum bunu. Bana manidar güldü.

– Anlamadın mı hâlâ abla?

Tam da o sırada Münire ile göz göze geldik. Bu rezil mahalle bizim üzerimizden bahis oynamıştı. Ben işaret parmağımla gözlüğümü yukarıya ittim. Münire de yanındaki cücenin hulahopundan götünü kurtardı. Delici bakışlarla birbirimizi kesmeye başladık. Notre Dame'a yaz mı geldi, Cirque du Soleil'i kim buraya çağırdı, Kırkpınar'ın suyu mu çıktı diye sormaya vakti yoktu. Sesler yükseliyordu. Mahalleli ikimizi birbirimize kırdırmaya kararlıydı. Birimiz telef olacaktık. Tezahüratlar daha da arttı. Herkes ağır çekimde bağırıyordu. Oy... Ne kadar çirkin, yabani görünüyorlardı.

Eteğimin ucunu çekiştire çekiştire rakibime baktım. O da bana bakıyordu. Aslında belli ki ikimiz de tedirgindik. Genelde çevremdeki insanları lafla dövdüğüm ya da lafa tutarak dövmekten beter ettiğim için bugüne kadar dövüş bilmem gerekmedi. Ancak kendimde o istidadı görüyordum. Sadece şimdiye kadar lüzum olmamıştı. "Muhakkak öyle!" diyerek ve kendime gaz vererek çekiştirdiğim eteğimin ucunu bıraktım ve Münire kaltağına doğru yürümeye başladım.

O da önce hava atar gibi saçını ve götünü savurdu. Durdu. Sağına soluna baktı. Sonra tırnağını yiye yiye bana doğru gelmeye başladı.

Dövüşecektik.

Tezahüratlar yükselmeye devam etti.

– Cat fight! Cat fight! Cat fight!

Tekaütler bir köşede yürüteçleriyle bu uğultuya tempo tutuyorlardı. Demek onlar da olanları duyar duymaz bu pisliğe bulaşmışlardı. Onlar da bu işin içindeydi. Onlar da bahis oynamışlardı. Bu işin ucunda emekli maaşı vardı! Kimbilir kaç emekli maaşı? Tekaütleri fark etmesem belki geri adım atabilirdim. Ancak onlar adamın gözünden bal alırlardı. Onları artık çok iyi tanıyordum. Netice ne olursa olsun, kazansam da kaybetsem de dövüşmeliydim. Rakibime doğru yöneldim. Gözlüklerimin ardından gözlerimi kıstım. Kadın hızlı bir şekilde tırnağını yemeye devam etti. İlk cümlemi ettim.

– Bana baksana sen!
– Hassss! Harrrrl!

Bu ağzından ateş çıkaran aksiyon konuğuydu. Birdenbire aramıza girmişti.

– Hoşt, bu ne la? Ödüm koptu gene. Çek şunu çek! Ben ateşe dokanamam, dedim.

– Ay, ben de korkarım, dokanamam. Çekil ayol; dedi rakibim de.

Hem böyle dedik, hem de adamı kışkışladık. Aksiyon konuğu ağır adımlarla, hafiften götünü sallaya sallaya, terbiye edilmiş bir ejderha gibi yanımızdan uzaklaştı. Küçük bir alkış koptu. Yürüteçlerin temposu arttı.

– Bu ne be, dedim. Yetenek yarışmasına çıkacağım diye insanlıktan çıkmış la bunlar? Ucubeye dönmüşler.

– Hee, doğru valla. Ne güzel mesaj verdin, dedi rakibim Münire.

Yalakalık mı yapıyordu, kendince tarrak mı geçiyordu, bilmiyorum. Fakat tepemin tası iyicene atmıştı. Onu biliyordum. Bana o sevimli suratıyla bakıp, tırsa tırsa geri adım atması ve tırnaklarını yiyip durması kâr etmeyecekti. Ondan intikam alacak, dağılan yuvamın hesabımı soracak, mahallelinin beklentilerini karşılayacak ve emekliye istediğini verecektim. Giriştim.

– Dur şimdi geliyor sana mesaj. Pabucumun altında sana çok güzel mesaj var. Ben sana o hak ettiğin mesajı vereceğim merak etmee…

Elimi pabucuma götürürken uğultu yavaşladı. Esnaf kafayı öne çıkarıp dikkat kesildi. Münire yiyeceği dayağı sezip, telaşlanmaya başlamıştı belli ki. Çırpınıyordu.

– İyi de ben sana ne yaptıım?

– Daha ne yapacaksın be dingil? Yuvamı dağıttın, kocamı elimden aldın ya!
– Hassss! Harrr! Harrrl!
– Öff, çekil sen de be, dedim. Hoşşt!

Bu şey gene aramıza girmişti. Alev ağızlı, insan bozması. Sonra biz onu kışkışlayınca çekildi.

– Muhakkak vardır bunun da bir şeysi, dedim. Bir püf noktası bir şeysi. Ağızdan öyle alev çıkmaz. Dur bakalım. Çıkar onun da kokusu.
– Tabi canım, bu sihirbazlar, şeyler... Nasıl o kadın kesme numaralarını yapıyorlar ya, işte öyle bir şey, herhalde bu da.

Yüzümü ekşitip şuna bir baktım. Bu kadının uzlaşmacı tavrı işimi zorlaştırıyor, içimde zar zor tutuşturabildiğim dövüşme arzusunu söndürüyordu. Bu böyle kemireceği bölgeyi önce tükürüğüyle uyuşturan pis fareler gibi söylenen her şeyi usul usul onaylayarak mı Muhsin'in kanına girmişti acaba. Bu nazlı, mıy mıy tavırlarıyla beni de uyutup üzerimde bir acıma hissi uyandırıp sonra mı kemirecekti beni de yoksa? Gene sinirlendim. Ona dersini vermeliydim.

– Ne istedin be mutlu yuvamızdan? Terbiyesiz kadın! Utanmadın mı kocamı elimden almaya? Tıynetsiiz!

Alkış aldım ve o gazla pabucuma tekrar uzandım.

– Benim elimde koca yok!

Böyle söyledi.

– Ayol, o ne biçim laf? Kaç koca vardı ki elinde? Halden getiriyordun bunları balık gibi kasa kasa da kalmadı mı? Yoksa tutsak tutuyordun elinde de, saldın mı? Ne diyorsun, kadın? Ne demek elimde koca yok?

Alkış koptu.

– Olur mu canım, öyle şey? Bir tek senin kocan vardı işte, Muhsin. O da terk edip gitti.
– Yok yaa? O zaman ne diye dolanıp duruyorsun onun mahallesinde? Yalancı!

Gene alkış koptu. Mahalleli benim muhakememi beğeniyordu!

– İşte o yüzden dolanıyorum zaten. Özledim! Belki görürüm diye…

Herkeste bir sessizlik. Mahalleli bana pür dikkat bakıyor, vereceğim cevabı kolluyor. Ben açıkçası böyle bir cevap beklemiyordum. Şaşırmışım. Doğru mu yanlış mı diye meseleyi çözmeye çalışırken baktım bu karşımda ağlıyor. Ne yapacağımı bilemedim. Ama ben sessiz kaldıkça da mahalleli saf değiştirebilir. Nitekim onlardan volümü gittikçe azalan bir Oo'lama geliyor. Bu acıma belirtisi. Kafalarını bir yana düşürüp, oo'luyorlar.

– Oooo…
– Susun be!

Bağırdım. Herkes yavaş yavaş sesini kesti. Sonra birden:

– Tı- poff!

Münire, koca götünü devirip yere oturdu. Değirmen bir iki dalgalanmadan sonra yerli yerine yerleşti. Yani koca kadın çökmüştü. Hâlâ da tırnaklarını yiyip duruyordu. Neredeyse ben de duygulanacaktım. Çünkü insan nasıl böyle bir hale gelir biliyordum. Muhsin'im beni de evin içinde çok zaman ıstıraptan göt üstü yere oturturdu. Ben de böyle yığılırdım. Zavallı kadın belli ki doğruyu söylüyordu.

– Şu kiloları da bir türlü veremedim. Baksanıza otururken bile ne biçim ses çıktı. Of...

Oturduğu yerde ağlıyor, ofluyor, tırnak yiyordu. Tırnak yiyen bir insan zaten normalde kötü bir insan olamazdı. Fakat benim kocamla olan münasebeti? Kafam karışmıştı. Çevredeki kalabalığa ve içine düştüğüm hale baktım. Muhsin'den nefret etmeye hâlâ içim el vermiyor. Metresi dersen karşımda çökmüş ağlıyor. Neredeyse ona acıyacağım ve Muhsin'in bu kadını neden sevdiğini de anlayacağım. Utanmasam, "Aman ben verdim kiloları da ne oldu, baksana benim de başıma ne işler açtı bu Muhsin eşeği. Ama ben de hâlâ Nasrettin Hoca gibi ıslık çala çala her dağın ardında onu arıyorum." diye kadını teselli edeceğim. Ama bana da görünmüyor diye şikâyet edeceğim.

Nerede bulabiliriz acaba onu diye iş birliği yapmayı teklif edeceğim nerede ise... Demek ki iyicene şaşırıyorum gene. Hayır böyle bir şey olamazdı. Böyle bir şey söyleyemez, teklif edemez, daha fazla kendimi alçaltamazdım. Peki kadına bir darbe vurmak? O da bu noktadan sonra benim vakarıma yaraşmazdı. Ama ona diyet listesi de verecek değil idim. Halbuki elimde neler neler vardı... Tam onun armut tipi bedenine göre hem de… Fakat o kadar da değil. Onu da bir zahmet internetten alıştırsın. Sadece şunu dedim.

– Kes! Ekmeği, kes.

Artık bu kadarını da demeyecek değildim. Neticede insanız.

– Ah, neler denedim… Erimiyor!

Bu Münire de az değildi ha! Kaşınıyordu. Benden yiyeceği bir güzel tekme ile o koca götün en azından bir kısmını eritmeyi ben başarabilirdim. Bunun farkında değilmiş gibi iyice yüzsüz bir halde benimle dertleşmeye çalışıyordu. Belki de samimi idi. Çaresizlikten ne halt edeceğini bilmiyordu. Fark etmez. Her halükarda onunla mahallenin ortasında oturup Dukan mı Karatay mı bunları tartışacak değildim. Daha fazla bulaşmak istemedim. Hâlâ arada alkış geliyor, tezahürat kopuyor, ıslık çalınıyordu. Bu curcunada konsantrasyonu bozulan cüce de burnunun ucunda taşıdığı bardakları düşürmüştü. Köşedeki taksi durağına, haydi götürün şu zavallıyı evine, kahvenin çırağında da, haydi şu yerdeki cam kırıklarını toplayın bari, çoluk çocuk geziyor buralarda, bakkal Necmi'ye de senin favorilerin mi vardı ya? der gibi baktım. Bakışlarımdan bir tek Necmi anlamış olmalı ki şöyle bağırdı:

– Benim favorim sensin abla!

Ya da o da anlamamış, tesadüfen böyle bir laf etmiş de olabilir. Anlayıp da bana bu kelime oyununu yaptıysa da bravo, ne diyeyim? Memlekette herkes laf ebesi olmuş. Neyse, millet Necmi'nin lafını duyunca alkışın dozunu arttırmaya başladı. Kimse kavga dövüş olayının burada bittiğini anlamak istemiyor gibiydi. Tekaütler emekli maaşlarının, civar esnaf dişinden ganyanından arttırıp bu bahse koyduğu paraların peşindeydi. Taksi şoförleri ne Münire'yi ne bardaklarla yere düşen cüceyi kaldırmaya yelteniyorlardı, ne de kahvenin çırağı yerdeki cam parçalarını temizlemeye koyuluyordu. Gel de şimdi Muhsin'i arama! O burada olsa şimdi bu kepazeliğin onda biri bile yaşanmazdı. Bir defa Muhsin'imin mevkiinden çekinirlerdi. Bir de onu sever, sayarlardı. Ne bileyim, Muhsin beni çileden çıkartır, deli eder fakat esnafın dilinden bir güzel anlar, onlara neyi nasıl diyeceğini pek güzel bilirdi. Her dediğini en azından rüşvetle falan da olsa bir şekilde yaptırırdı. Ben ne yapacaktım? Ne yapayım? Ben de ortamı sakinleştirmek için elimden geleni yaptım.

– Easy, easy... Easy... Şişş...

Dirseklerimi kırıp ellerimi aşağı yukarı sallıyordum. Uğultu yavaş yavaş azalıyordu. O sırada Vehbi Güleryüz'le göz göze geldim. Bana halden anlar bir bakış attı. Galiba o da bana yardımcı olacaktı. Tek hamlesiyle, etrafındaki yürüteç vuruşlarını durdurdu. İşte bu pek güzel olmuştu doğrusu. Hem esnafla hem tekaütlerle hem de yıkılan yuvamın ıstırabıyla uğraşacak gücüm yoktu. Kendimi evime atıp dinlenmek istiyordum. Vehbi Amcaya sağ olasın der gibi bir bakış attım. Bakkal Necip'in bana uzattığı ayran şişesini aldım. Bu rengârenk ve saçma sapan manzarayı ardımda bırakarak, ayranımı içe içe evimin yolunu tuttum.

Eve döndüğümde perişan haldeydim. Az önce yaşadığım psikolojik ve mahallevi harbin etkisi hâlâ üzerimde sürüyordu. "Cat fight" nidalarını hâlâ duyuyor gibiydim. O kadına acımak da bana iyi gelmemişti. Öfke ile oturup zararla kalkacağıma, karşı tarafın tı– poff diye yere çökmesini merhametle izlemiş ve kafam karışık bir halde oradan ayrılıp evime gelmiş idim. Bu işte bir acayiplik vardı. Tabi ki kimseden de hıncımı alamamıştım. Bu beklenmedik bir yüzleşme idi. Halbuki ben canımı dişime takacağım, acı çeksem hasar görsem de muzaffer çıkacağım bir karşılaşma, bir mücadele yaşayacağımı sanıyordum.

İşlerin bu vaziyeti alacağı kimin aklına gelirdi? Tam bir cenkleşme olmadığı, biz iki kadın birbirimize girişmediğimiz için de bahisler yanmış ve mahalleye getirilen garibanların paraları ödenirken de muhakkak onların aralarında da bir muharebe çıkmıştı. Esnaf Odalar ve Borsalar Birliğinin, Keçiören Belediyesi'nin katkılarıyla hazırlayıp sunduğu bu absürt organizasyon bir fiyasko olmuştu. Gerçi şimdi tekrar düşününce, Esnaf Odalar ve Borsalar Birliği adında bir birlik olmayabilir. Keçiören Belediyesi'nin bu kepazeliğe herhangi bir destek verdiğinden de emin olamadım aslında. Her neyse ne diyordum? Galiba bir yerlerde bir yanlış vardı. Zira netice fena idi.

Cebimden topacımı çıkardım. Saldım salonun ortasına çeviriyorum. Öyle üzgünüm ki. Bir tek parkede dönen topacın sesini ve içimde çalan acıklı bir müziği duyuyorum. Artık siz de biliyorsunuz ya, böyle zamanlarda benim içimde acıklı müzik çalıyor. Bazen bu müziğin sesi o kadar yükseliyor ki, dönen topacı bile duymaz oluyorum. Ama ben duymasam da alt kata hâlâ ses gidiyor olmalı ki akşam saatlerinde hep dokuz sekizlik bir oklava uyarısı geliyor. Fakat şimdi daha uykuya geçmedikleri için henüz alttan bir uyarı gelmiyor. Topacım durdu. Boynu büküldü topacımın. Aldım onu, ipini sardım tekrar. Saldım. Dönüyor. İzliyorum. İyi oldu bu topaç bana. Kendi imkânlarımla oynadığım dartı bırakıp topaca başlamam iyi oldu. Yoksa biri benim fırlattığım kalemlerden en sonunda nasibini alacak idi. Mesela ben şu an evimde topaç çevirmiyor da kapıya doğru kalem fırlatıyor olsa idim, kapıdan girenin gözüne ya da bir yerine kalem isabet edebilirdi? Efendim... Kapıdan biri mi içeri giriyor?

– Muhsin!

Evet, karşımda idi. Aman Allahım ne demek oluyordu bu? Bana baktı, gülümsedi.

– Selam.

Hâlâ bana doğru bakıyor. Selam verdi bana. Ah, aşkım! Peki ama... Peki ama bu ne demek oluyor? Ah, inanamıyorum hâlâ. Ben ona şaşkınlıkla bakarken, topacım da yerde, o da şaşkın, yavaşlıyor. O da emin olamamış gibi yavaş yavaş bir defa daha dönüp Muhsin'e doğru bakıyor sanki. Muhsin eğildi, durmak üzere olan topacı aldı eline. Doğruldu, gülümsüyor.

– Ehehe bu ne Gülfim?

Ah, canım benim, bir tanem. Senin olsun, ruhum, demek geliyor içimden. Senin olsun, al! Benim neyim var neyim yok, al! Zaten senin. Ben zaten seninim. Benim olan her şey senin. Ah, sen benim ol yeter. Ah, ne kadar güzelsin. Sen hep böyle güzel miydin Muhsin? Ne güzel bakıyorsun? Ah, sen hep böyle güzel mi bakardın? Nasıl özlemişim... Nasıl özlemeyeyim? Nasıl özlenmez? Nasıl, nasıl, nasıl? Ah, nasılsın? Sen de özledin mi? Böyle gelecek miydin? Bana bu güzel, tatlı suratını gösterecek miydin, ömrüm?

Gözlerin pırıl pırıl, gülüşün ılık ılık içime akacak mıydı böyle? Bunu bilsem ben hiç üzülür müydün öyle? Ah, ne münasebet! Ah, neden üzüleyim? Asla! Beni böyle bir saadetin beklediğini bilseydim, senin bütün bu müthiş lezzetlerinin geri döneceğini bilseydim hiç üzülür müydüm? Katiyen. Bana yeniden böyle tatlı tatlı bakacağını bilseydim hiç ağlar mıydım? Belki sade mutluluktan... Belki sade umuttan... Ah, Muhsin, sahi sen misin? Ah, geldin mi? Oh, çok şükür. Ay, aman ne keyiflendim. Ah, ne sıkıntılar yaşadım ben ciğeriim... Ah, erkeğim, ah bebeğim. İyi ki geldin, demek istiyordum. Bir daha da sakın gitme olur mu? Ama diyemedim. Şunu diyebildim:

– Topaç.
– Ehehe topaç mı çeviriyorsun?

Sade başımı salladım. Ona baktım.

– Hı- hı...

Gerçek misin? Ah, nasıl bu kadar güzelsin. Böyle tatlılık da olmaz olsun be Muhsin... Bunu da diyemedim. Başka bir şey de diyemedim. Bir elinde topacımı tutuyordu. Öbür elini yanağıma koydu. Sıcak avcuna yanağımı bıraktım. Birden dayanamayıp özlemle sarıldım. Sımsıkı. Sarıldık. Öyle güzel oldu ki... Ah, ne güzel sarıldık, ne güzel kavuştuk. Suya hasret kurak topraklar gibi birbirimize kavuştuk. Demek menşeiini en sonunda anlamış, dönmüştü erkeğim benim. Kokarcam, yiğidim, eşim. Ah, ben seni ne çok özlemişim. Böyle sıkı sıkı birbirimize sarıldığımıza göre demek ki bir daha hiç ayrılmayacaktık. Her şey apaçık ortada idi işte. Ruhum beyhude dönmüş dolaşmış ama gene en sonunda her zaman olduğu gibi membanı bulmuştu. Şimdi artık Münire üzülecek ben sevinecektim. Başka birileri daha varsa onlar da üzülecekti. Ama ben sevinecektim. Ah, arzu ederler ise kendilerine bir Muhsinzede derneği kursunlar, bir çatı altında toplansınlar, kendi dertlerine, bu yiğidin, aslanın kaybına yansınlar ve hatta Nefiye, Sergül ve Münire bu derneğe eş başkanlık yapsınlar umrumda bile değildi. Muhsin'in sıcak dokunuşuna kendimi bırakıp, mırıldandım:

– Ah...
– Ne oldu bir yerine bir şey mi oldu Gülfim?

Yahu bu adam neden halden anlamıyordu?

– Yahu görmüyor musun halimi? Heyecanlandım...

Bana daha sıkı sarıldı. Gene mırıl mırıl konuştum.

– Ah, ah... Bir daha ayrılmayacağız değil mi Muhsin?
– Ha?

Muhsin kendini geri çekti. Bana şöyle bir baktı.

– Sen ayranlısın.
– Evet, dedim. İçtim.

Nasıl da hemen anlamıştı.

– Ne var? Artık her gün içiyorum. Bak kafam da nasıl düzeldi! Bana iyi geliyor.

Bana kaşlarını kaldırıp, duygu dolu baktı.

– Aslında ben biraz da bunu konuşmaya gelmiştim.

Neyi konuşmaya gelmişti?

– Neyi konuşmaya geldin?
– Hem konuşmak için hem de bazı eşyalarımı almak için, dedi.

Gayri ihtiyari ağzım büzüldü. Gözlüklerim buğulanmaya başladı. O da bana hüzünlü bakıyordu.

– Yapma ama böyle.

Ah, elimde miydi ki? Başka türlü yapmak elimde miydi?

– Sen yapma. Gene beni üzeceksin! Üzme. Böyle bir şey hak etmiyorum. Benim kemik yaşım 67!
– Fakat sıfatın taze, dedi.

O bunu söyleyince ister istemez gülümsedim. Beni ne kadar da iyi tanıyordu. Buruk güldü. Ben de buruk baktım.

– Başka?
– Başka ne? diye sordu.

Ona yardımcı oldum:

– Başka bir şey daha var. Eksik söyledin. Genetik bir mirasın sefasını sürüyorum. Onu söylemeyi unuttun.
– Unutmadım, dedi.

Bir nefes aldı.

– Sıkıldım!
– Hiih...

Böyle bir şey olabilir miydi? Doğru mu duymuştum? Muhsin benden sıkılmış olabilir miydi? Küfür duymuş gibi oldum. Yanaklarım kızardı. Ellerimle yanaklarımı kapadım çaresiz gözlerle etrafıma bakıyordum. Sıkılmak mı? Ne hacet? Sevdiğimin ağzı ne söylüyordu? Bu... Bu hakaretlerin en büyüğüydü!

– Bir daha duymuş olmayayım!

Ruhum, gene az önceki bıkkınlıkla gözlerini devirdi. Bu beni hem güldürmek hem de sinirlendirmek için çükünü açıp evin içinde sünnet çocuğu gibi gezinen adam olamazdı. Bu... Bu benim sevdiğim, beni seven adam olamazdı.

– Çi- püff!

Sönen bir balon gibi önce sıçrayıp sonra sarhoşluğunun aksini iddia eden bir ayyaş gibi sağa sola yalpalandıktan sonra düştüm. Yerde götümün üstüne oturdum. Olana bitene bir türlü akıl erdiremiyordum. Coşkumu yitirmiş, sönmüş ve nahiyemi kaybetmiştim. Artık ne düşüneceğimi, ne ümit edeceğimi şaşırmıştım. Sersem gibiydim. Ellerimi iki yana açtım. Anlamaya çalışıyordum.

– Niçün bana sarılıyorsun?
– Sevdiğim bir insansın Gülfimcim. Ben de özledim. Dost kalalım istiyorum.
– Sevdiğim bir insansın ne lan?

Beynim öyle bir döndü ki, anlatamam.

– Dost kalalım ne?

Fakat oturduğum yerden kalkacak gücüm yoktu.

– Ne? Dost kalalım ne? Dostuuum, dos– tuum, dos– tuum.... Bu mu? Bu mu ulan artık bizim şarkımız? Tay– ya– re! Ham incir! Sefiil!

İşte bu hale geldim. Ajans izlerken kendi kendine "ah, yazıık..." diye söylenen bir insan değildim sanki o an ben. Bana gene bir şeyler olmuştu. İçimdeki tüm iyilik ve güzellik gitmişti. En büyük, en ağır hakaretleri etmek istedim. Ancak bir türlü ayaklanamıyordum. Bari onu kelimelerimle hacamat edeyim derken sadece tuhaf ağlama sesleri çıkarıyordum. Yürümeyi bilmeyen, dilimizi de çözememiş, derdinin ne olduğu belli olmayan embesil bir çocuk gibi yerde debelenip duruyordum. Halim fenaydı. İçimdeki acıklı müzik de susmuştu. Şimdi sade kendi tuhaf ağlamamı duyuyordum. Hem ağlayıp hem de kendi ağlamasına kulak veren her insan gibi ben de ağlarken aynı anda kendime acıyordum. Eh, herhalde acınacak bir halde olduğuma da hiçbirinizin itiraz edeceğini sanmam. Belli ki sevilmiyordum. Ben artık sevilmiyordum. Evet galiba artık her şey anlaşılmıştı ama yaşamanın ne anlamı vardı şimdi de bunu anlayamıyordum.
– Böyle bir şey olamaz, yalan söylüyorsun bana! dedim.

– Sebep?
– Dur daha, dedim. Daha onu bulamadım.

Bıkkınlıkla o da yere oturdu, karşıma. Cep telefonunu çıkardı.

– Bunu zor buldum.

Cep telefonu da değişmiş. Kendine akıllı telefon almış sevdiğim. Kimbilir onda ne numaralar vardı?

– Ne oynuyorsun? dedim.
– Tetris, dedi.

Göstermek için telefonu bana doğru tutuyordu.

– Hay Allah iyiliğini vermesin, dedim. Kimbilir daha ne numaralar vardır onda?

Bu laf hoşuna gitmişti. Hafiften kıkırdadı. Dedim ki:

– Hadi barışalım.

Kafayı kaldırdı. Korku mu acıma mı ne olduğunu anlayamadığım bir bakışla bana baktı.

– Evet, evet çok güzel bir fikir, haydi barışalım. Münire'ylen de ayrılmışsınız zaten. Tamam artık yeter.

Bana hâlâ aynı şaşkınlıkla bakıyordu. Boşlukta kalsın istemedim. Aynen devam ettim:

– Hadi, hadi kalk, kalk! Bak ben de kalktım. Barışalım, olanları unutalım. Çok güzel bir fikir.

Ayaklandım. Kalksın diye ona da elimi uzattım.

– Kaç ayran içtin?
– Ya, ne fark eder, dedim. Siz Münire ile ayrılmazdınız mı sonuçta, ayrıldınız, değil mi?
– Ara verdik diyelim.
– Tamam, hadi barışalım!

Kollarımı açtım, bunu bekliyorum. Her şey yoluna girecek diye bekliyorum. Elini gene yanağıma doğru uzattı. Sıcacık el. Yanağımı gene elinin ayasına sevgiyle bıraktım.

– Ben sana iyi gelmiyorum Gülfim.
– Nee?
– Ben sana layık değilim.
– Hoşt!
– Biraz yalnız kalmaya ihtiyacım var.
– Götüm!

Yanağımı elinin ayasından çoktan çekmiş, kafayı doğrultmuştum.

– Ergen mi var lan senin karşında? Sen kimi kandırıyorsun? dedim.
– Ne desem kabul etmiyorsun!

Çaresizlikle kollarını iki yana bıraktı. Ona bağırdım:

– Yalan yanlış konuşuyorsun çünkü! O yüzden!

Sordum.

– Senin hayatında başka biri mi var?

Bu soru canını sıkmıştı.

– Söyle! dedim. Hayatında başka biri mi var?
– Yanlış anlaşıldım, dedi.
– Bir şey demedin ki yanlış anlaşılasın, dedim. Söyle!

Ofladı.

– "Yanlış anlaşıldım!" dedi. Onunla birlikteyim.

Gözlerini devirdi. Bir nefes aldı. Ben de gözlerimi devirim. Bir nefes aldım.

– Ha?
– İşte, onunla birlikteyiz şimdi. Öğrendin, rahatladın mı?
– Nee?

Hatırladınız değil mi? Benim size ta en başta bahsettiğim o kadını söylüyor. Geri geri gittim. Yani şimdi benim sevdiğim o kadınla mıydı? Nasıl bir hale geldim biliyor musunuz? Twitter dostumun, gerrain@GerrainRostock'ta bir defa dillendirdiği gibi bir haleti ruhiyede idim: "Kurban olduğum rabbilüalemin bi yerden verirse öbür yandan alıyo... Rahat vermiyo, göz açtırmıyo, tam saha pres, katiyen top yaptırmıyo…" İşte ruh halim aynen böyle idi. Daha da ne olacaktı, yani? Pes! Ben pes etmiştim.

– Müstahak! diye bağırdım.

Yere eğilip, topacımı aldım. Ona fırlattım.

– Hayvaan!

Geri kaçtı.

– Danışanımla mı birliktesin yani şimdi sen? Rezil!

Kriket sopam yakınlarda bir yerde olsa onu da bir tarafına geçirecektim. Topacın ipi bende idi. Tekrar üzerine attım. Topacımdan kaçıyordu.

– Bana da bazı konularda danıştı kendisi! Yazık, yanlış anlaşılmış.

– Şimdi anlaşıldı!

Evin içinde onu kovalamaya başladım. Bir yandan da söyleniyordum.

– Ben biliyorum onun yanlış anlaşılmalarını! Sen merak etmee! Demek senin mevkiine kadar çıktı.

– Ben onu doğru anladım, dedi.

– Hiç şaşırmadım!

Bütün evi dönüp dolaşıp, salondaki büyük masanın etrafında dolanmaya başlamıştık gene. Biz bu masada seviştik ettik... Yedik, içtik. Böyle söyleyince hijyene gereken önemi vermiyormuşuz gibi oldu ama mesele bu değil! Konuyu dağıtmayın. Lütfen sakin. Bu arada #TakipçilerimeNOT pekiyi! Ha, ne diyordum? #NasılSöylesem en iyisi direkt söyleyeyim: robdöşambr! Efendim? Ta- ta- ta... Gene kafa karışıyoor! Toparla Gülfim! Karşında adam var ondan hesap sor! Gelmişken adam, hesap sor! Güzeel! Sizler de benim sağımda solumda saf tutun. Top kaptırmayalım. Kornerden gol yemek bize yaraşmaz. Dikkaat! Omza? Şöbiyet!

– Ah, iyi değilim Muhsin. Gene iyi değilim!
– Biliyorum, söylüyorum işte. Sana iyi gelmiyorum ben!

Masanın iki zıt ucunda durmuş, o an kovalamacayı bırakmış birbirimize bakıyorduk. Kimbilir onun aklından neler geçiyordu? Benim aklımda hep dert, keder ve hatıralar vardı. Vilayet, ilçe ve köy isimleri doluşmaya başlamıştı zihnime. Çankırı'da ya da Sarayburnu'nda değildik. Balıfakı'da da değildik. Bunları ona nasıl anlatacaktım? Kırşehir tekrar il olalı onca yıl geçti! Nasıl söyleyecektim? Bezelyeleri geceden suya koyarsan, ertesi gün çok daha kolay pişer, en az yarım saat kazanırsın. Bu onun umurunda mıydı? "Yanlış anlaşıldım" bir de beni utanmadan arayıp, gerçek aşkı buldum demişti gevrek gevrek gülerek. Acaba onun dediği… O aşk benim adam mıydı?

– Alçak! Zaten sana onun gibisi layık! Patla e mi? dedim. Kovanda küflü petek var mı yok mu diye sabah akşam kontrol etmek aklına gelmez zaten senin!
– Efendim?
– Efendiler götürsün, dedim. Kaşıklı zeybek karşılıklı oynanır!
– Ne?
– Soğuk su dökünülen bir beden dinç kalır, dedim. Bana sakın numara yapma! Nefiye, Sergül meselelerini falan da biliyorum. Öğrendim! Hiç utanmadın mı?
– Ya, ben onları idareten şey yaptım Gülfimcim…
– Neyi idare ediyordun, ahmak? dedim.

– Edemedim işte zaten. Performans düşmesi oldu tabi bir miktar…

Gene yüzünde o matematik hesabı yaparkenki düşünceli ifadeyi gördüm. Yediği o haltlardaki artı eksileri hesap ediyordu kesin. Kaçta kaç yaptığının derdinde idi, yüzsüz! Bir yandan da telefonum çalmaya başlamıştı. Ama açmayacaktım.

– Allah seni kahretmesin, dedim. Patla! Menekşe saksı çiçeğidir ama salata süsü olarak da kullanılır. Sakın unutma!
– Sahi bunu hep söylersin…
– Neyi, menekşe saksı çiçeğini mi?
– Yok, Allah seni kahretmesin, patla'yı.

Ne yapıyordu acaba, kafamı mı dağıtmaya çalışıyordu gene eşek kafalı? Ona tekrar topaç fırlattım. Ona hücum etmemişim de sanki pas atmışım gibi kolaylıkla topacı yakaladı. Ne yapacağımı şaşırdım. Telefon hâlâ çalıyordu. Açtım ben de.

– Olası bir zombi istilasına karşı kendimizi nasıl koruyabiliriz?
– Cibinlik evladım. Benim sana tavsiyem cibinlik. Pencereyi açıp hafif aralık bıraktıktan sonra zombisavarı sık, gir cibinliğin içine, rahat rahat uyu çocuğum. Bir şeycik olmaz. Şaşkın!

Yanıtımı duyar duymaz gülmeye başladı Muhsin. Dedim ki:

– Komik mi?

– Hee, dedi. Gene kıkırdadı.
– Peki sırası mı?
– Ha, yoo, dedi.

Öksürdü. Kendini toparlamaya çalıştı. Bir süre sessiz kaldık. Sonra topacın ipini sardı. Bana uzattı.

– Şey… Oynayacak mısın?

Güzel gözlerini bana dikti. Tekrar ağlamayayım diye kendimi zor tutuyordum.

– Senin yüzünden neredeyse dövüşüyordum.
– Biliyorum, mahalledekiler söyledi. Gerçekten çok üzgünüm.

Boynunu büktü.

– Bizler Ümit Usta'nın torunları değil Leman Cılızoğlu'nun evlatlarıyız, Muhsin! Öyle olmalıyız! Şöbiyet yiyen kesesinden yer, unutma!
– Bu dediğini anlamadım.

Zaten ben de tam olarak ne demek istediğimi anlatamamıştım. Gene bana bir şeyler olmuştu. Tekrar uğraştım.

– Anlaşılmayacak bir şey yok. Kereste senin yerine büyüklerin elinden öpmez! Boşuna dememişler, ağacın yemişi, yemişim onun geçmişini! Haydi bakalım, toparlan. Çınarın çapı geniş diye üzerine tayyare kondurulmaz. Otur, derslerine çalış. Başıbüyük'te değiliz!
– Ne?

– Ya Muhsin, rezil oldum herkese. Resmen metresinle saç saça baş başa giriyorduk. Millet üzerimizden bahis oynadı. Ben hayatımda kimseyle dövüşmemişim. Ya bana bir şey olsaydı?

Şimdi kendimi daha iyi anlatmıştım.

– Ben ikinize de kıyamam, dedi.

Hay anlatamaz olaymışım. Bu lafı duyunca galiba beyimde bir tel koptu. Bayağı bir şeyin koptuğunu duydum. Salondaki korniş de düşmüş olabilir. Belki yakınlarda bir ağacın dalında bir karga havalandı. Belki bir mühim yemekte ketçap beyaz bir bluza döküldü o an, bir fenomen twitter'da hızla takipçi kaybetmeye başladı. Bilmiyorum ama bir alametler vardı. Hissediyordum. Çünkü bu kadar büyük bir acı sadece benim acım olamazdı. O kadar çok acı çekiyordum ki. Muhakkak başka birilerinin de acılarını hissediyor olmalıydım. Belki de tüm felaket alametlerimi hissediyordum. Ondan mı oluyordu? Nasıl açıklayacağımı bilmiyorum ama canım çok yanıyordu. Sanki ateşim çıkmış gibi alev alev yanıyordum. Belki de çıkmıştı. Nasıl olup da beni gene o horoscope kadın ile bir tutmuştu?

– Benim repertuvarımda horoscope dansı diye bir şey var mı? Yok. Bunlarla nasıl baş edeceğimi bilemem ki?
– Canım, dedi.
– Balatalar eskidi mi, diri erik çiğ de yenir sanma, dikkat!
– Ah, Gülfim...
– Ucuz cip alayım, ondan kâr edeyim derken evdeki şanzımanı dağıtmayalım, aman!

Galiba gene mana kaybediyordum. Gözlerim de kararmaya başlamıştı.

– Gülfimcim.

– Difenbahya salon bitkisidir, salon toprağı ister, unutma. Haydi, başarılar. Gözlerinden öperim. Söylemedi deme!

– Gülfiim...

Bayılmışım. Ne kadar baygın kaldım bilmiyorum. Gözlerimi hayal meyal açtığımda en az üç şişe ayran dikmişim gibi kafam zonkluyordu. İçeriden dolap, çekmece açıp kapama ve kılık kıyafetin üst üste yerleştikleri zamandaki hışır hışır sesleri duyuluyordu. En sonunda bir fermuar ve teker sesi de geldi. Zaten ben de bundan korkuyordum ya. Kanepede uzanmış beni bekleyen sona hazırlanmaya çalıştım. Bayılınca Muhsin'im beni kanepeye yatırmış olmalı. Ah, Muhsin'im ah bebeğim, gidiyorsun değil mi?

Gidiyordu. Bana doğru yaklaşan ve yaklaştıkça daha yüksek duyulan tekerin sesinden anlamıştım. Bu büyük bavulun sesiydi. Kolumla yüzümü örttüm. Ağlamam az duyulsun diye uğraşıyordum. Tekerin sesi durdu. Hem de tam yanı başımda. Kolumu yüzümden çekmeye, kafamı kaldırmaya ona son defa bakmaya korkuyordum. Sanki ona son defa bakmazsam gidemez diye safça ümit ederek o anı mümkün olduğunca geciktirmeye çalışıyordum.

– Gülfim,

Bakmayacaktım, ona bakmayacaktım.

– Ben gidiyorum Gülfimcim.

Öyle tatlılıkla seslenmişti ki bana hıçkırmamak için kendimi zor tutuyordum.

– Sürahiyi, bardağı getirdim buraya. İstersen içersin.

Burnumu çektim, hafifçe doğruldum.

– Göremiyorum ki, dedim. Gözlüğüm yok.

– O da burada bak. Buraya koydum.

Muhtemelen sehpayı gösteriyordu. Hakikaten net göremiyordum. Zaten gözüm bozuk. Bir de yaştan buğulanınca işim daha da zorlaşmıştı.

– Gülfimcim, bu kaç?
– Dört olduğunu biliyorum. Hep dört yapıyorsun ki, dedim, kendimi koyverip ağlamaya başladım.

Eğildi. Kendine has o tatlı, erkeksi kokusu burnuma geldi. Sonra da yaptığı dört işareti ile burnumun ucunda bitti. O vakit onu çok net görebiliyordum. Bana çok yaklaşmıştı çünkü. Ona bu kadar yakınken böylesine uzaklaşmış olmak... Elimden gelse, dilim dimağım dönse o dakika şair olurdum. Gülümsedi ruhum. Güzel gülümsemesi, o kocaman tatlı kafası karşımda. Ama son defa karşımda. Gene her yanım acıyor.

– Ağlama ne olur... Seni bırakmak ne zor. Nasıl bırakayım? Ama sana iyi gelmiyorum ben Gülfim.

Ama o da ağlıyordu. Sanki bütün vücudum gripten kırılıyordu.

– Gözlüğümü ver!

Ya da gene içim dışıma çıkmış. Çıtır çıtır eziliyor, kırılıyordu. Bana gözlüğümü uzattı. Taktım.

– Sana bir sarılayım.

Dökülüyordum.

– Ah, Gülfim.
– Ah, Muhsin.

Sarıldık. Ruhumla, son defa sarıldık. Ayrıldık. Tekerinin sesi duyuldu. Tekerin sesi uzaklaştı. Vapurun öten düdüğünün duyulmaz olması gibi, tekerin sesi de bir müddet sonra duyulmaz oldu. Her sesin yerini sessizlik her anın adını onsuzluk aldı. Onsuzdum. Artık o dakikadan sonra onsuzdum. Sade bunun önemi vardı. Daha çok ağlayacaktım. Ağlıyordum da. Değişik nağmelerle, farklı notalarla ağladıkça ağlıyordum. Bazen tiz, bazen tok, bazen cılız, bazen gür, içimi çekerek, burnumu silerek, bazen inleye inleye, bazen hıçkıra hıçkıra fakat mümkün mertebe ara vermeden ağlıyordum. Sanki ancak öyle oyalanıyordum. Başka hiçbir faaliyetle meşgul olamayacakmışım, bir tek bunda muvaffak olacağımı artık anlamışım gibi gözyaşımın son damlasına kadar içtenlikle dolu dolu ağlıyordum.

Bitkin düşüp en sonunda uyumuşum. Uyandığımda gene onsuzdum. Bir hüzün çöktü. Çöreklendi. Evin her yanını kapladı. Benim ruhumu sardı. Kemirip, acıtıp, hırpalayıp durdu. Serseme dönüyordum. Dayak yemiş gibi, içimden dövülüyormuşum gibi oluyordum. Sanki ben kendi kendime bunu yapıyordum. Başka türlüsü elimden gelmiyordu çünkü. Peki umut ışığını ben nerede bulacaktım? Muhsin olmadan antrenin ışığını bile bulamazmışım gibi evin karanlığında dolanıyorum. Benim kime ne faydam olacakmış? Ah, bana artık sade ağlamaktan mı fayda var? Öyle mi ruh eşim, eşeğim? Belki ben de böyle böyle iyileşeceğim… Fakat şu an sade evin bir köşesindeki leşim. Ben senin leşinim. Senin eşinken ben senin leşin oldum be Muhsin'im. Yazık değil mi sana da, bana da? Ne fena şey…

Sen beni böyle yaralayıp, bir başıma bitmeye, çürümeye mi bırakacaktın? Biz seninle böyle mi anlaştık? Ah, biz seninle vakti zamanında ne iyi ama ne iyi anlaştık… Öyle ise ben neden yaralı bir hayvan gibi inleyip duruyorum evin içinde? Artık yeter. Böyle üzüm üzüm üzüleceğim de ne olacak? Ejderhanın kuyruğunu koparmayı başaracak mıyım? Pelikanlar tepişecek, acem kızı çiçek mi açacak? Yoo… Tuzlu suda işlenmiş pirinç salınır, hadi bana eyvallah demesi kolay. Omuz ve sırt sağlığımızı nasıl koruyacağız peki? Elbette postürümüzü düzelterek. Ama işine geldi mi de kadirşinas sözler yeni doğan bir bebeğin dilinden süzülür gibi yağmura karışır. Yalan mı? İçtimai ve şahsi hukuk vergilerine ait ikinci kanunnameyi boşver, o senin yolunu çok tıkıyor. Ee, salyangoza sormuşlar: Senin neren eğri? O da durur mu yapıştırmış cevabı: Ben böyleyim… İşte böylee… Delirdim.

Delirmeyip de ne yapacaktım? Verem oldum. Ben olmayacaktım da kim olacaktı?

Sanatoryumda uyandım

Delirmiş ve ince hastalığa tutulmuştum. Muhsin'in bana son bir iyiliği, mevkisini kullanarak ben ve benim durumumdaki mağdurlar için açtırdığı memleketimizin küçük şirin bir beldesindeki sanatoryum oldu. Bu şirin sanatoryumun aslında meslektaşım Pervin'in beni götürdüğü o uyduruk partilerden çok da farklı olmadığını söylemem gerek. Hem popülasyon açısından hem de insanların hal ve davranışları açısından birbirine benzer yerler buralar. Bir tek sanatoryumda rahat rahat içki içilmiyor o kadar. Yoksa burada da bir dolu reikici, enerji şeysileri, ruhani liderler ve kişisel gelişim emekçileri var. Bunlar bu işe gönülden inananlar. Bunların çoğu iş bulamıyor, deliriyor. Üç kağıtçı olanları ise genelde dışarıda kendini keşif toplantıları falan düzenliyor ve yüklü bir meblağ almak sureti ile senede birkaç defa tertip ettikleri bu organizasyonların gelirleri ile muhtemelen senenin kalanını da tatilde geçiriyorlar.

Neyse, bana gelince ben emin ellerdeydim. Fiziken ve ruhen dinlenmeye ihtiyacım vardı. Dinleniyordum. Sanatoryumdaki personel deneyimli ve sevecen idi. İsimdeki nostalji, iptidai yöntemleri beraberinde getirmiyordu. Sanatoryumda olduğum için çok acı belki de hiç iyileşmeyecek bir hastalığım olduğunu sanıyor ancak etkin yöntemler kullanıldığı için de her geçen gün biraz daha iyi hissetmeye başladığımı ben de artık kabul ediyordum. Hatta bir gün o denli iyi hissettim ki kendimi, beni ne zamandır ziyaret etmek isteyen bir talebeye gelebilir diye haber ettim. O da İç Anadolu Bölgemizin şirin fakat sapa bir beldesinde olmamı mesele etmeyerek koştura koştura geldi. Derdi o kadar büyük idi besbelli ki diye düşündüm, kızcağız hemen o dakika yanımda bitti. Ve anlatmaya başladı:

– Gülfim Abla ben hem Kaan'dan hoşlanıyorum. Hem de Mert'e karşı güçlü hislerim var. Sıkıntım şu: Bunların ikisi de Aslı'dan hoşlanıyor. Ne yapabilirim? Aslı bunların ikisine de yüz vermiyor. Kız yüz vermeyince, bunlar iyicene bir yarışa girdiler. Biz hepimiz arkadaşız. Beraber kantine gidiyoruz, hep aramızda bir savaş var. Savaş'tan bahsetmişken. Savaş da çok şirin bir çocuk. O da benden hoşlanıyor. Ama ben ona hiç yüz vermiyorum. Çünkü onu bir tek arkadaş olarak görüyorum. Ben ona yüz vermedikçe bu da benim peşimde dolaşıyor.

Zaten bu yüzden galiba Mert benim Savaş'la aramda bir şeyler var sanıyor. Ama aslında hiç öyle bir şey yok.

Zaten benim olsa olsa bu gruptan bir tek Kaan'la aramda bir şey olurdu. Ama işte o da zaten Aslı'nın peşinde. Bu Aslı'ya sinir oluyorum. Bir de İrem diye bir kız var. İrem'e de sinir oluyorum. Bu İrem bizim bölümden değil. Ama aynı binadayız. Kantine o da geliyor. Şıllık, bizim çocukların hepsine yüz veriyor. Çocuklar da az değil gerçi, onların da herhalde hoşuna gidiyor. Ona pas vermeyen bir tek bizim gruptan Barış. Bu tavrı çok hoşuma gidiyor. Ben acaba bu diğerlerini bıraksam bir tek ona mı yoğunlaşsam diyorum. Ama onun da tipini beğenmiyorum. Bir de zaten o da İrem'e karşı böyle ama Aslı aynı şekilde davransa onu da görürüz. Hem zaten Savaş'ın da en yakın arkadaşı bu. O yüzden de mi olmaz? Ay, benim ne yapmam lazım Gülfim Abla?

– Tatlım, gözünün önündeki çareyi görmüyorsun. Çare, canım…

– Gülfim Abla?

– Canım, ça…

– …

– …

– Ablaaa!..

Gene fenalaştım. Bayılmışım. Bayılmayacaktım da ne yapacaktım? Bu vakadan sonra buradan çıkana kadar ziyaretçi kabul etmemeye karar verdim. Kendimi yormaya, ergenden ergen derdi dinlemeye henüz hazır değildim. Çelik gibi sinirlerim varmış demek ki eskiden, ben eski toprakmışım be, ben Gülfim Toprak'mışım diye düşündüm. Hey gidi hey… Ne günlermiş o günler dedim. Sıkıntısı olana, en azından sorunlarını bu kadar uzun uzadıya anlatmadıkları zamanlar yardımcı olabilmiştim. Öyle hatırlıyordum. Mevzu uzayınca şekerlemeye geçtiğimi e zaten onlar da biliyorlardı. Ancak şekerlemelerimden zınk diye dinç bir şekilde uyanıp soruna bambaşka bir bakış açısı kazandırdığım günlerin özlemini çekiyordum.

Biliyor musunuz? Ben burada bir de ne öğrendim? Benim o hallerimin hepsi de delirmemden değilmiş, ben biraz da böyle bir insanmışım zaten. Yahu insan kaç yaşından sonra yeniden doğar ve kendini tanır mı? Evet, olabiliyormuş demek ki bu da. Bilmiyorum belki de ben hâlâ sıfatımın tazeliğinden istifade ediyorum. Heh heh heh. Hey gidi günler...

Peki Muhsin'i özlemiyor muydum burada? Özlemiyor muyum? Özlenmez mi? Bir daha ağlamadım mı? Sanatoryumda yar için dökülen gözyaşının kaç yıl hatırı olur? Hiç ünlü gördüm mü? Çizgili pijama ile mi dolaşıyor sahi herkes bahçede? Gül Hemşire'den gözlerini alamayan ünlü siyasetçi kim? Yeşilçam'ın nabzının bir dönem orada attığı doğru mu? Peki Muhsin'in metresi de düştü mü oraya? Hamiyet Özlü kime hayır diyemedi? Hamiyet Özlü kim? Bir de öyle birisi mi var? Tam olarak ne kadar ücret ödeniyor? Haftalık mı, aylık mı, bir tanıdık var da bizim onun için düşünüyoruz. Bu öğlen yemeğinde ne çıktı mesela? Survivor Adası gibi bir yer mi? Müsabakalar oluyor mu? Oradaki ünlüler hakikaten ünlü mü? Bu ve bunun gibi birçok sorunun aklınızda olduğuna eminim. Aklınızda yoktu ise de ben şimdi her birini aklınıza soktum. Uğraşın durun bakalım. He he he. Peki, bir kısmını cevaplayayım.

En çok Hamiyet Özlü'yü merak edenler: Yok öyle biri dostlar, yavrular. Var ise de ben tanımıyorum. Her isim de öyle ulu orta kullanılmıyor. İhtiyaca göre sizler için uydurdum. Öğle yemeğinde ezogelin çorba, musakka ve pilav verdiler. Bir de elma. Elmayı Münire'ye verdim. Rejimde olduğu için kendisi, pilavını bıraktı, benim elmayı istedi onun yerine. Yani evet, Muhsin'in metresi de burada. Ama o geleli çok olmadı zaten haftaya da çıkacak. Bana öyle geliyor ki ben de burada çok durmayacağım. Belki bugün belki yarın ben de İstanbul'un o keşmekeşine döneceğim. İçimde bir burukluk hâlâ var ama her şeyin daha iyi olacağına da nedense ergen saflığıyla inanıyorum.

Burada topaca ve ortak kullanım bilgisayara müsaade veriyorlar. Muhsin'i çok fazla özlediğim vakitler, aldım topacımı bahçeye çıktım, çevirdim durdum. Bahçede yalnız başına yürüyüp durduğu bir gün Münire'ye de topacı uzattım. O da sevimlilikle güldü, çevirdi. Kim olursa olsun, bir bahçede yalnız başına dolaşan mahzun bir insana kıyamam. Bilmiyorum öyle bir manzara bana acıklı geliyor. Bir çocuksuluk ya da hemcinsiyle kavga ederken dışlanan bir insanın hali var sanki orada. Her halükârda acıklı. Kimse bir bahçede yalnız başına yürümek zorunda kalmasın. Herkes de illa yanında topaç bulunduracak değil elbette. Ama ne bileyim topacı, yoyosu, topu falan varsa da yanında paylaşsın bence.

Yoksa vakti zamanında bu kadınlarla kimse bir şeyini paylaşmadı da mı bunlar ileride el alemin kocalarına, sevgililerine göz dikmeye başladılar ya da herkes her şeyini paylaştı da o mantıktan mı bunlar ortada duran her malı orta malı bellediler bilmiyorum. Bilebileceğimizi de sanmıyorum. Fakat arzu eden bu ve benzeri konularla ilgili olarak Freud ve hanım kızının kemiklerini sızlatabilir ya da daha kolayı yükselen burcunu, alçalan burcunu falan bir güzel haritaya yerleştirip, yönetici gezegeninin önderliğinde neticeye ulaşabilir. Benim bu konuda son diyeceğim şu: Bir erkeği seviyorsanız ondan vazgeçmeyin, iki erkeği seviyorsanız birinden vazgeçin, üç erkeği sev... Kafam karıştı. Beylere tavsiyeler: Bir kadını seviyorsanız ondan vazgeçmeyin, iki kadını seviyorsanız birinden vazgeçin, üç kadını... Dur gene olmadı. Tek kadın yoksa, üç kadın varsa, bunlar aynı anda A noktasından çıktıysa, B noktasına 2 musluk aynı anda akarken... Gene olmadı. Fakat olacak! Üçün beşin hesabını yapacak insan değilim, fakat bu kez sizler için yapacağım, bu meseleyi çözeceğim! Vallahi bravo bana!

Ne diyordum? Ha, evet topacı söyledim, bilgisayardan bahsedecek idim. Bilgisayar için ortak kullanım verdiler, belli sürelerle sınırladılar. O yüzden ben de bu zamanlarımı idareli kullanmaya çalıştım. Canımı çok yaktığı için Muhsin'imin Facebook sayfasına bakmayı bıraktım. Oyun isteği gönderenlerin ihtiyaçlarını karşılamayı da bıraktım. O da bir ömür törpüsüymüş meğer. İnsan çektiği sıkıntıyı bazen de o külfetten kurtulunca anlıyor. Bu gidişle belki Facebook'u bile hepten bırakacağım. Twitter'da da Simon Cowell ile ve TJK ile uğraşmayı bıraktım. Herkese hayat dersi vermeye mecalim kalmamıştı ve daha çok sağlığımla haşır neşir olmak derdinde idim. Ama mesela uygun bir heştek bulunca da söyleyiverdim. #Aşıklara_not 1 kilo pirinç, bir bağ maydanoz alınacak!

Benim kimseye müdanam yoktur. Bazen de acımadan notlarını verdim. #Aşıklara_not 3!

İçimden geçenleri oraya yazıyordum.

#EyvallahDerGeçerim neden? çünkü her avluda kurbağa zıplamaz!

Doğruları söylemekten geri duracak da değildim. Söyledim:

Bazı gençlerimiz ilişkilerine bir ad koyamıyorlar. Minnoş koyun gitsin. Hem de ne kadar sevimli.

İşte böyle dostlar. Ne kadar olgunlaştığımı görüyorsunuz. Her şey daha da iyi olacak. Fakat oluklu mukavva değiliz ki bükülelim! Ben de bir anda sihirli bir hamleyle dünyanın kahrını üzerimden atacak değildim tabi… Zaten kaderin önüne ne kadar geçebiliyoruz? En fazla burun farkıyla değil mi? Eh, buna da şükür… Öğreniyordum. Dünyanın kaç bucak olduğunu bir de sanatoryumda öğreniyordum. Fiziken ve ruhen besleniyor, güçleniyordum. Horozun teganni ettiği yere gelmişim gelmemişim umurumda değildi artık. Olaylara daha başka bir yerden bakıyordum. Bu çok kolay olmadı elbette. Yavaş yavaş... Önce öksürüğüm kesildi. Sonra da ruhumu hoş tutmaya, ihanet ile hırpalanan ruhumu okkalamaya başladım. Doğrusu bunu çoktan hak etmiştim.

O da beni ziyarete geldi. Evet, merak ettiğinizi biliyorum. Muhsin birkaç defa beni görmeye geldi. Ama ne fayda? Gene telefonu çalıyor yani başka bir kadın tarafından bana kocamın ayarı veriliyordu. Erkeğimin ayarını başka kadınlardan almaktan bıkıp usanmıştım. Zaten ne vakit beni ziyaret etse, o sıralar kat ettiğim yolu da geri gitmiş gibi hissediyordum. Onun güzel gözlerine bakarken hâlâ içim titrese de karşı koymayı başardım. Bu titreme de çünkü bana artık zarar veriyor, ince hastalığımın nüksetmesini sağlıyordu. Kırılgandım. Ne çok acıya birden direniyordum… Aşka ne kadar hasrettim halbuki. O benim için aşk idi. O halde ben de ona hasrettim öyle değil mi? Kimbilir? Belki bu da değişecekti... O ümidi de içimde yeşertmeyi bildim.

Sonra bir gün aniden adımlarımı hızlandırıp doktorun odasına gittim.

– Ben, dedim. İyi miyim, neyim? İyiyim galiba. Ne zaman çıkacağım?

– Heh heh diye güldü. İyisin zaten. Ne zaman istersen çık.

– Yapma yahu?

Öyle denince de nedense telaşlandım. Dedim ki:

– Az daha mı kalayım?

– Akşam Şampiyonlar Ligi maçı var. İstersen ona kal. Hep birlikte grup terapi odasında seyredeceğiz.

– Ay, yok, dedim. Mersi.

Doğrusu trafik gözümde büyümüştü. Apar topar neşe ile hazırlanmaya başladım. Hem sevinçli hem de şaşkındım ama sanki aklımın bir köşesiyle de bugünün geleceğini biliyordum. Neden? Çünkü tembel sincap da bir gün hendekten atlar. O gün bugün müydü peki? Hâlâ bir türlü emin olamıyordum. Bavulumu hazırlayıp çıkmadan evvel bahçede gördüğüm kesilmiş bir ağacın üzerine tüneyiverdim. Oradan etrafımdakilere bakıyordum. Yeni üşütmüş olanlar, hâlâ biraz üşüyenler, yavaş yavaş ısınanlar ve ağaçlar. Doktor geldi, tepemde durdu.

– N'apıyorsun Gülfim? Gitmedin mi daha?

– Hayattan korkuyorum, dedim. Ne olacağımız belli mi?

Doktor az biraz düşündü galiba, sonra birden bire:

– Bö!
– Ay, dedim. Allah iyiliğinizi versin!
– He he he diye güldü. Korktun mu?
– Ya, ne alakası var? Ondan ne korkacağım? Gelecekten korkuyorum!

Tekrar bir düşündü doktor, sonra dedi ki:

– Bö!

Sinirden gülmeye başladım.

– Ay, dedim. Siz de bir hoşsunuz!

Nedense ama ağaçtan inme cesareti bulmuştum. Bacaklarımı sarkıtıp bir hamlede aşağı indim. Bavulumu elime aldım, kapıya doğru yürümeye başladım. Bana seslendi doktor.

– Gelecekten nenem de korkuyor. Geleceği mi kalmış onun be? Bir ayağı çukurda… Hah hah hah

Doktorun son sözleri kulağımda, içimden kıkırdayarak oradan uzaklaştım. O dakika bana bir kuvvet gelmişti ki sormayın. Azimle belki bir saat kadar istasyon istikametine doğru yürüdüm. Sanki tazeciktim, körpeydim. Öyle bir edayla cevval yürüyordum. Canlanmıştım. Fakat bir müddet sonra ayağıma karasular inince ben de bir taksiye atladım. Bu şirin beldeyle vedalaşıyor, yeni hayatıma doğru yol alıyordum. Hissediyordum bunu. Hava da son derece leziz idi. Gözlüğümü işaret parmağımla hafifçe yukarı ittim. Bir mahalleden geçerken yol kenarında top oynayan küçük çocuklara bakıp gülümsedim. Hayatla barışıyor muydum ne? Bir şeyler oluyordu bana ama... Bahar kokusu alıyordum. Halbuki mevsim bahar değildi. Fakat dışarıda top oynayan çocukların sesleri baharın kokusunu burnuma getirmişti. Aman Tanrım, ben romantizme geri mi dönüyordum yoksa? Gülfim Abla ile romans? Tanrım, bu kimin ilgisini çeker ki?

Bu bile umurumda değildi. Özgürdüm. Kelime oyunu, aforizma ve bel ağrısı çekerek ömür mü geçer be? He he he. Fakat belki arada da yapmak lazım... İlginçlik peşinde olanlara müjde: "Yok ya ben hiç öyle biri değilim aslında" kalıbı ihaleye sunuldu. Artık kesenin ağzını biraz açarsınız. He he he. Ben nicedir biriktirdiğim 250 Mark'ı gözden çıkardım misal. Şimdi onlar düşünsün! Gene biraz dağıldık. Fakat tatlı bir dağınıklık bu. Kendimizi kaybetmiyor bir parça aklımıza eseni söyleyiveriyoruz işte o kadar. Haydi toparlanalım! Tamam, şimdi serbest hareketler. Güzeel. Kıvamımızı bulduk.

İstasyona gelince taksiden indim. Bavulumla beraber tek başıma istasyonda belirince nedense bir an yine gözlüklerim buğulandı. Yolculuklar bana ekseriyetle bir hüzün vermiştir belki de o yüzden. Ancak bir süredir duymadığım o acıklı melodiyi tekrar duymaya başladım. İçimde acıklı bir melodiyle nazik fakat kuvvetli adımlar atıyordum. Biliyordum, bu defa ne denli acıklı da olsa içimdeki aşk melodisi, bayılmayacaktım. Biletimi aldım. Hazırlıklıydım. Bir kopuşun hüznü idi bu, tanıyordum. Bir büyük acıdan kurtuluyor ancak nedense şimdi de bu kopuşun, kurtuluşun bedelini ödüyordum. Of ayrılık ne fena, ne zor. Her raddede bir başka güçlük. Sağlığına kavuşan insan acı çekmekten muaf mı? Değil elbet. Sade daha tahammüllü. Bende bu tahammül gücü ile adımlarıma kuvvet veriyordum ya zaten. Bavulumun tekeri bana arkadan eşlik ederken kompartımanıma doğru ilerledim.

– Olur mu efendim, Fermeneciler Yokuşu mu burası? Sardalayacılar Sokağı'nda mıyız? Salı Pazarı'nı kuran siz misiniz? Lütfen lisanınıza dikkat ediniz.
– Ne diyorsun be amca?

Bavulumu kompartımandan içeri sürerken bu seslerle irkildim.

– Fevkalade güzel anladınız. Hanımefendinin topacını geri verin!

Topaç mı? Söylenenlere kulak kesildim. Tartışma tam da benim kompartımanımın önünde cereyan ediyordu. Elimle ceplerimi yokladım. Topacım her iki cebimde de değildi. Topacım da topaç muhafazam da kayıptı. Eyvah eyvah!

– Trambolinlik etmeyin, çocuklar! Hanımefendinin topacını da topaç muhafazasını da geri verin!

Çocukların yüzleri ekşidi, boyunlarını kıstılar sonra birden kıkırdamaya başladılar.

– Topaç mohafozosı ne bey amca? Mohafaza neymiş ya, asker gibi bir şey mi bu?
– Göstereyim!

Göstereyim diyen bu beyefendi öyle bir çabuklukla çocukların ceplerine biçimli ve güçlü ellerini sokup çıkardı ki şaşkınlıkla bu manzarayı seyreder buldum kendimi. Sonra da bana doğru döndü ve çocukların ceplerinden çıkardığı topacımı, muhafazası ile birlikte bana uzattı.

– Buyrun, hanımefendi.

O dakika beyefendinin sol yanağına gizlenen fakat gülümsemesi ile birlikte kirli sakalı arasında da olsa belirginleşen gamzesini gördüm. Tam ona teşekkür edecektim ki kondüktör bir anda yanımızda belirdi.

– Bir sorun mu var yoksa?

Kondüktörün sözlerini duyan çocuklar mahcubiyetle başlarını önlerine eğdiler. Şimdi bir sorun olup olmadığını bildirmek ya da bildirmemek gamzeli beyefendinin elinde idi. Ben sabilere kıyamazdım.

– Hayır bir sorun yok.

İfadesi net ve tereddütsüzdü. Demek o da benim gibi merhametli idi. Çocuklar hâlâ başlarını kaldırmaya çekiniyorlardı. Kondüktör şüphelenmiş vaziyette tekrar gözlerini her birimizin üzerinde gezdirerek biletlerimizi görmek istedi. Ona tek tek biletlerimizi gösterdik.

– Peki, iyi yolculuklar.

Kondüktör yanımızdan ayrıldı. O vakit beyefendi ben ve çocuklar tekrar yalnız kaldık. Çocuklar en sonunda kafalarını kaldırmaya cesaret edebildiler.

– Sağ ol bey amca.

Gamzeli hafifçe eğildi.

– Tamam, hanımefendiden özür dileyin şimdi. Paris– Texas çekmiyoruz burada. Haydi bakalım.
– Ah, lüzumu yoktu.

Ben de mahcup olmuştum.

– Affedersin Abla.

Güzel gözlü gariban çocuklardı bunlar. Onlarla göz göze geldim. Özürlerini diler dilemez yanımızdan uzaklaşmak üzere hareketlendiler.

– Durun bakalım!

Gamzeli bir hamlede gene onları yakaladı. Cebinden çıkardığı bir miktar parayı çocukların ceplerine sıkıştırdı.

– Bunlarla kendi topacınızı alırsınız. Haydi bakalım. Keratalar. He he he

Onları gönderdi. Sabiler önce boynu bükük gülümsemişler, sonra neşeli hızlı adımlarla bir anda yanımızdan fırlayıp kaybolmuşlardı. Beyefendi ile kompartımanda yalnız kaldık. O an tren hareket etmeye başladı. Bir anlık şaşkınlıkla hafifçe yalpaladım nerede ise oturacağım koltuğa düşüyordum. Gamzeli beyefendi çeviklikle bir eliyle bana omzumdan destek verdiği gibi öbür eliyle de hemen pencereye dayandı. Ona her türlü minnettardım. Heyecandan o anda ne diyeceğimi şaşırdım.

– Ah, çok teşekkür ederim. Pahada ağır değil, eski bir şey fakat benim için kıymeti büyüktür. Çok teşekkür ederim tekrar.

Topacımı muhafazasına koyup, bavuluma yerleştirdikten sonra zarifçe koltuğuma oturdum. Gamzelinin bana ne diyeceğini doğrusu çok merak ediyordum. Fakat şunu da demeden edemedim.

– Ah, bir de talebelere tavrınız. Çocukları korudunuz. Sabi onlar.

Bana dikkatle baktı. Sade bir cevap verdi.

– Rica ederim, hanımefendi. Eğitimciyim.

Bana dikkatle bakmaya devam ediyordu. Hem de öyle dikkatle bakıyordu ki ne yalan söyleyeyim, o an acaba yüzümde olmaması gereken bir şey mi var (kurum parçaları, alnıma isabet etmiş bir kuş pisliği, fazladan bir burun ya da göz daha... gibi) diye düşündüm. Ne diye acaba bana bu denli dikkati bakıyordu. Utandım.

– İşaret parmağınızla gözlüğünüzü hafifçe yukarı kaldırır mısınız lütfen?

Fakat bu da ne demek oluyordu? Bana teklif ettiği şey yeni tanışılan bir hanımefendiye teklif edilecek bir şey mi değil mi diye birkaç saniye düşündüm ki ona göre uygun bir tepki vereyim. Eh, müstehcen bir yön bulamadım. Ne yapayım ben de bu centilmen beyefendinin ricasını yerine getirerek gözlüğümü hafifçe yukarı doğru itmeye başladım ki bana şöyle dedi.

– Gülfim Toprak!

Memnuniyetle bana doğru eğildi. Gene gülümserken gamzesi göründü. Devam etti.

– Öyle, değil mi? Biliyordum. Tanıdım sizi.

Ah, öyle şaşırmıştım ki.

– Fakat nasıl olur?
– Söyleyeyim.

Gururla arkasına yaslandı.

– Makalelerinizin sağ köşesinde işte böyle gözlüğünüzü tuttuğunuz bir fotoğrafınız var ya oradan tanıdım elbette. Çiftehavuzlar'da değiliz! Isparta'ya yağsa yağsa kimbilir kaç yılda bir kar yağar? Her yörede ayran kepçe ile içilmez değil mi? Size bir gün rastlayacağımı sanki biliyordum. Şaşılacak şey. Ha ha ha!

Müthiş tatlı bir kahkaha attı. Hem gururlanmış, hem mahcup olmuştum. Dedim ki:

– Sizin söylediklerini... Ha ha ha!

Ben de bir anda dayanamayıp bir kahkaha atıvermiştim. Devam ettim.

– Söylediklerinizi çok iyi anlıyorum. Yani ne demek istediğinizi. Ha ha ha! Fakat böyle konuşmak için biraz genç... Adınız nedir bu arada?

Genç görünmüyor musunuz diye soracaktım. Heyecanlanmıştım, adını da merak ediyordum. O da sanki heyecanla hangi sorumu cevaplayacağını şaşırmıştı.

– Tahsin. Evvela bunu söyleyeyim, dedi.

Elini uzattı, tokalaştık. Hemen ilave etti.

– Benim sıfatım taze.
– Efendim?
– Sıfatım taze. Genetik bir mirasın sefasını sürüyorum.

İster istemez bir kahkaha daha attım. Bu duyduğuma inanamıyordum. Hem böyle tatlılıkla, bana çok tanıdık bir eda ile konuşuyor hem de kirli sakalının arasından gamzesi kendini gösteriyordu. Ancak, temkinli olmak istedim. Sordum.

– Peki, kemik yaşınız?
– 72.
– Sizinkini sormama gerek yok. Biliyorum. Zaten ekseriya belirtirsiniz, dedi.

Gülüştük.

– Memnun oldum Tahsin Bey.

Gözlüğümü tekrar yukarı doğru itip ergen gibi saflıkla güldüm.

– Ben de öyle Güfim Hanım.

O da heyecanla öksürüp, çocukça gülümsedi. El sıkıştık. Halbuki az önce zaten el sıkışmıştık. Bunu ikimiz de hatırlamış olmalıyız ki aynı anda küçük bir kahkaha daha attık. Karşılıklı oturuyorduk. İstanbul'a doğru uzanan, müthiş tatlı başlayan ve sonunun nereye varacağı belli olmayan lezzetli bir yolculuğa belli ki ikimiz de hazırdık. Çok güzel bir şarkı duydum. Nerede ise unuttuğum... Bu şarkıyı karşımdaki beyefendi söylüyordu. Hiç acıklı değildi. Çok güzel bir şarkıydı. Sesime güvensem ona o dakika eşlik de edebilirdim. Fakat şimdilik sade içimden söyleyerek ve onu dinleyerek penceredeki dışarı baktım. Bir ayçiçeği tarlasını geçerken o da tarlaya baktı. Tarla küçülüp, geride kaldığında göz göze geldik. Çok tatlı bir an oldu bu. Gülümsedik. Anladım. Biz o şarkıyı beraber söyleyecektik. Biz onunla *Tin Tin Tini Mini Hanım*'ı söyleyecektik.

Dizüstü Edebiyat serisinin kitapları;

Küçük Aptalın Büyük Dünyası, *PuCCa*

Piç Güveysinden Hallice, *samihazinses*

Bizim de Renkli Televizyonumuz Vardı, *Onur Gökşen*

Sorun Bende Değil Sende, *Pink Freud*

Bayılmışım... Kendime Geldiğimde 40 Yaşındaydım, *Şebnem Aybar*

1 Kadın 2 Salak, *Fatih Aker & Livio Jr. Angelisanti*

Erkek Dedikodusu, *French Oje & T.B.*

Bir Apaçi Masalı, *Angutyus*

Pucca Günlük Ve Geri Kalan Her Şey, *PuCCa*

2011'in Bobiler Tarihi, *bobiler.örg*

Bir Alex Değilim, *İstiklal Akarsu*

Sorun Bendeymiş, *Pink Freud*

Yedi Kere Sekiz, *Onur Gökşen*

Erkek Dedikodusu 2, *French Oje & T.B.*

Dünyada Aşk Var mı?, *Marslı Kovboy*

Bir Apaçi Masalı 2 - Kebabman, *Angutyus*

Allah Beni Böyle Yaratmış, *PuCCa*

Olsa Dükkân Senin, *İstiklal Akarsu*

Beni Hep Sev, *Pink Freud*

Allah Belanı Versin Brokoli, *Onur Gökşen*

Keşke Ben Uyurken Gitseydin..., *French Oje*

Gülfim Abla, *Meltem Parlak*